講談社文庫

甘い罠

鏑木 蓮

講談社

第一章　昨日のこんだて　Menu

1

水谷有明《みずたにありあ》は、手渡された契約書に目を落とした。そこに記載された内容を丹念に読み、文言を咀嚼《そしやく》する。

その契約は、有名大型スーパーマーケットを運営しているオゾングループが、全国展開する和食レストランのヘルシーメニューの監修に関するものだ。

二〇〇〇万円という契約金の額にも魅力を感じるが、何よりオゾングループと関係を築けることの方に有明は興奮していた。料理研究家水谷有明という名前だけが先行してしまった現状を変える、大きなステップになるからだ。

グローバル企業のひとつでもあるオゾングループの社長、城田洋《しろたひろし》は二代目ながら彼の経営手腕は業界が認めている。

しかも七年前の社長就任以来、人情味あふれる経営者として業界内外で評判を得た。地方再生のため農業振興に力を注ぐ、と大々的に宣言したことによるものが大きい。

兼業農家では日本の農業の担い手を育てられないとして、オゾングループは契約農家を大幅に増やした。やる気のある農家、農業に誇りを持っている若者をバックアップして、よい食材を作ることに専念できる環境を提供した。

たとえば都市近郊の農家で作った食材は、半径八〇キロ圏内にあるオゾンマーケットへ卸し、売り切る。原則八〇キロメートル以上の物流は避けて、地産地消《ちさんちしょう》のビジネスモデルを構築しようとした。まだ日本列島を網羅したとはいえず原則通りにいかないところもあるが、地方の契約農家に期待とやりがいを与えていることは確かだ。

城田の取り組みに、地方銀行をはじめ、地方出身の大手企業の経営者なども賛同しはじめており、資金面でも強化できたと株主へ発表している。

TPP（環太平洋パートナーシップ協定）の行方に不安を感じる農業関係者たちなどを巻き込み、今後ますます城田の果たす役割に注目が集まるはずだ。

「ここに記載された契約内容は、これまで水谷さんとお話ししてきたこととまったく違わないはずです」

城田の声質がまろやかなのだろうか、彼は包み込むような口調で言った。

インターネットで調べて四七歳だと知った。短髪に銀フレームのめがね、学生時代サンボという柔道に似た格闘技をしていたためか、首が太く肩幅は広い。見た目は三〇代だといってても通るくらい若々しかった。

「ありがとうございます。味に関して一任していただけることや、準備期間にひと月いただける点など、私の主張をお聞き入れくださって本当に感謝しています」

有明は頭を下げた。

「いやいや、一年に渡って弊社に縛るようなもんですから、あなたのご活躍を考えれば、むしろ当然ですよ」

「恐縮です」

有明は「和食」に特化した料理本を何冊か上梓した。中でも日本人の舌が持つ「うま味」を感じる能力を開発するレシピが受けた。日本人の遺伝子を呼び覚ますことで西洋化した味覚を是正するというもので、結果薄味が好みとなり身体にいいと持論を展開したところ、一部の健康雑誌が飛びついてきたのだ。

その後は、女性誌やテレビ、新聞がどんどん有明を有名にしてくれた。しかし、それはブームに過ぎず、一過性に終わるものだと有明は思う。マスコミが自分を取り上げていたのは、純粋にレシピに関心を示したものではなかったと知ったからだ。

あるときから実際に調理した料理よりも、有明自身を被写体にすることが増えた。

カメラアングルがどんどん変化して、調理する有明の顔、キッチンに立つ下からの全体像に時間を割くようになった。顔のアップや身体を撮るからと、現場にはヘアメイク、スタイリストが参加した。

そのうち雑誌の表紙や口絵、水着での写真集の話までくるようになり、それを避けるようにしばらくマスコミへの露出を控えてきた。

実績として残るもの、なおかつ多くの人の役に立つ仕事をする。それが、料理研究家になりたいと言って、せっかく入社した父の勧める冷凍食品会社を退社するときの約束だったからだ。

有明は地元京都の高校を卒業して、キョウレイ食品に縁故採用で入社した。父、明《あき》夫《お》は商品開発課の課長補佐で、『手軽に鉄人シリーズ』の和食を担当し、それを有明は手伝っていたのだった。

けれども縁故採用の負い目に悩み、思うように社内で発言できなくなっていた。このままでは元々興味のあった「うま味」を追求して、薄味でありながら美味しさを感じさせる商品の開発をしたいという目的も果たせない。一から勉強したいと父に申し出た。

有明は退社してから、うま味の研究をしている大学教授や北海道の昆布《こんぶ》生産者、京料理の板前などの下《もと》で勉強して四年後、二五歳のときに一冊の本を自費出版した。

それから六年が経って、ようやく父との約束を果たせる機会がやってきた。

「もう一部別の契約書があります」

城田が自分の手前にあった書類を有明に差し出し、

「これは契約から一年、当社レストランのイメージキャラクターとなっていただくという内容です」

と続けた。

「イメージ……、それは聞いてませんでしたけど」

初耳だった。

オゾングループが、若手有名女優をイメージキャラクターとしてテレビコマーシャルやポスターに起用し、ファッショナブルでありながら親しみやすさを醸《かも》し出していることは知っている。

「岬奈々《みさきなな》では、少し頼りないと思ってるんですよ」

城田が社長室の壁に貼られた若手女優のポスターの顔を見た。

「でも大河ドラマにも出演してますし、映画にもたくさん出てます」

有明もポスターを一瞥《いちべつ》した。

嫌いではないが、確かに軽いという印象だ。しかしそれが若いということではないのかとも有明は思う。

三一歳になって、自分の若い頃のことを折に触れて思い出すようになった。若さがうらやましいのではない。むしろ無謀で無知だった自分を恥ずかしく思うのだ。軌道を修正できるなら、二〇歳に戻って勉強し直したい。

「うま味というものを語るには、それなりの深みが必要じゃないですか。親しみやすいのに追いつけない美しさ、艶《つや》っぽくありながらヘルシーさを訴求できるプロポーションが要求される。うちの広報や付き合いのある広告代理店のスタッフが、それらの条件を満たしているのは水谷さんしかいないのではないかと言ったんです」

と言って、城田は白い歯を見せた。

「お褒めの言葉は嬉《うれ》しいのですが……」

容姿のことを褒められると、料理を蔑《ないがし》ろにされたように感じて素直に受け取れなかった。

「どうかしましたか」

「勝手なことを言うようですが……私、タレントのようなことはちょっとできないと思うんです」

そう言いながら城田の表情を窺《うかが》った。

「まさか、水谷さんにそんなことをしていただこうとは思っていませんよ。ただ、私が自信を持っておすすめするメニューですってニッコリ笑った顔なんかは、ポスターやテーブルのポップに使うでしょうけれどね。その程度なら雑誌の撮影で馴れておられるでしょう?」

「それは、まあ」

カメラに馴れていることの方が自分では嫌だった。

「じゃあ、キャラクターもお願いしますよ」

「それくらいでしたら、できるかもしれません」

城田直々の要請を断る訳にもいかないだろう。

「あなたが、いいんですよ」

大きな声で城田が言った。

「ありがとうございます」

「では、今後ともよろしくお願いします」

「こちらこそよろしくお願いします」

慌てて頭を下げつつ、料理で勝負するんだと心でつぶやく。

有明は、意を決して契約書のすべてにサインと捺印をした。飛び上がる程の嬉しさはなかったけれど、おへそのあたりからふつふつと闘志のようなものが湧き出してきていた。

有明は中野のマンションに帰ってまずエアコンのスイッチを入れ、ジャケットを脱ぐとリビングのソファーに身体を投げ出した。雨こそ降っていなかったが、梅雨に入ってから蒸し暑い。

寝そべったままの格好で京都の実家へ電話をした。

驚く程早く母が出た。そしていつものように母はすぐ電話を切る。ため息をつき有明は携帯を切った。間もなく母がかけ直してくるのだ。

「お母さん、電話代なんかもう気にしなくていいって言ってるじゃない」

開口一番、母に言った。

東京へ出てきてから、どこか言葉のイントネーションがちぐはぐになっているのは自分でも分かっていた。親しい人と話すと自分では標準語で話しているつもりなのだが、京都特有の少し間延びした話し方になっている。

「ややこしいこと言わんの。とにかくあんた家賃の高いマンションに引っ越したばかりやないの、ちょっとでも始末せなあかんえ」

仕事が順調にいっていると思わせたくて、家賃一五万円の二DKの部屋に引っ越したことを知らせたのが、かえって母には逆効果だったようだ。

「うちかて勝算なしに引っ越さないよ」

「そりゃそうやと思うけど、お母さんにもできることをさせてちょうだい。こっちは蒸し暑いけど、東京はどうえ？」

「京都ほどじゃないと思う。でもやっぱり、蒸してる」

「梅干し送ったげるわ。ポンポンにええさかい」

大人になっても母は、お腹のことをポンポンと言う。人前でも平気でそう言い、有明は東京駅の喫茶店で赤面したことがあった。

「私なら至って元気。病気になんかなってられないくらい忙しくなりそうなんだから」

「どないしたの？　ええ人でもできたんか」

母はいっそう甲高い声で言った。

「そんなんとちがう。仕事のこと」

「なんや、びっくりするやないの」

「なんでびっくりしないといけないの。うちだってその気になれば……」

引く手あまただ、と言おうとしたが、そのまま結婚話に突入しかねないので言葉を飲み込んだ。

「早よ、その気になってほしいわ、お母さんは」

「まあそれは置いといて、仕事でステップ、ジャンプのチャンスが舞い込んできたの」

少し声が浮き立った。

城田と話したことが、いま急に実感を伴ってきた感じだ。

「あらま、その声やと恋人ができた以上に、ええことあったようやね」

母は嬉しげな声を出す。いつだって有明の応援をしてくれていた。

「うん。きちんと決まるまで隠してたんやけど、ものすごく大きな仕事の契約を済ましてきたの」

「お料理のお仕事なんやね」

「もちろんよ。それに食を通じて、たくさんの人の役に立てると思うの」

そう言って有明は、オゾングループが全国展開する和食レストランのヘルシーメニューの監修をすることになった、と母に報告した。イメージキャラクターという部分は言わなかった。

「そら凄《すご》いわ。有明ちゃん、おめでとうございます」

母が改まった声を出した。

母が改まるのは、本当に喜んでくれている証拠なのだ。

初めて二五メートルを泳ぎ切った小学四年生のときも、算数のテストで一〇〇点取ったときも正座してほめてくれ、また父の会社に就職して初給料で日傘をプレゼントしたときは静かにそして改まった声で礼を言った。

「ありがとう、お母さん。けどこれからが大変なのよ」

目頭が熱くなるのを誤魔化《ごまか》す。

「そうやね。無理せんと身体に気ぃつけなあかんよ。ヘルシーメニューを考案する方が過労で倒れたやなんて笑えへんさかい」

「分かってる。ほんで、お父さん何時頃帰ってくる?」

「お父さんやったら……、そやな七時頃には帰ってるかな」

歯切れが悪い。

「どうかしたん? 夫婦ゲンカやったらいくら食いしん坊の私だって食べないよ」

冗談っぽく言って笑った。

「あほらし、親をからかいな。ケンカなんか、してません。ちょっとなあ」

「何かあったの？」

母の声のトーンの低さが気になった。

「いまな、病院にいったはるんや。けど気にせんでええよ、たいしたことないと思うさかいに」

近くの総合病院に検査を受けに行っているのだと母は言った。

「どこか具合悪いの？」

「足なんや……」

「足？　太りすぎで膝でも痛めたの」

「膝やのうて、足の先の方なんや」

母は言いにくそうだった。

「だからどうしたの」

少し強い口調で訊《き》いた。

「それがな、仕事場で足の小指が凍傷にならはってん」

母は、自分の不注意でもないのに申し訳なさそうに言った。

「冷凍食品を扱ってるからって、凍傷なんてそんなこと」

会社では冷却剤として液体窒素を使うが、慎重に扱うよう指導が徹底されているため、凍傷にかかったという話は聞いたことがない。

「うっかり足に液体窒素を付着させてしもたんかな……まさか切ってしまうなんてことないよね」

「それは大丈夫。液体窒素やのうて、ドライアイスが原因やったみたい」

「ドライアイス？　凍傷になるまで気がつかなかったの？」

半信半疑だった。

「そやろ？　お母さんも何や妙な話やなと思ったんや。お父さんはスリッパの中に入ってたんとちゃうかって言うてはるんやけどな。けど、それで小指が凍傷やなんておかしいやろ」

「小指にひっついてたら冷たいからすぐ分かるって……」

液体窒素ならマイナス一九六度だから誤って付着させれば瞬間的に凍傷ということもあり得る。けれどドライアイスの場合は、冷たいと知覚してすぐに取り除けば凍傷に至ることは珍しい。

有明も何度かドライアイスに直接触れてしまったことがあったが凍傷にかかったことはない。

「そやから、検査いうことになったんや」

小指の感覚が鈍くなっていることが判明して、念のために脳や頸椎《けいつい》など精密に検査しておこうということになったそうだ。

「商売道具の舌までおかしくなったら大変やからって」

「そういうことか。……ほな何時頃に帰ってくるの？」

「そうやね、午前中から検査で午後三時くらいまでのはずや。問診を終えたころに連絡してくれると思うんやけど」

「お母さん、お父さんからの検査結果の電話を待ってたんだ、ごめん」

母が余りに早く電話に出たことを思い出した。

「まあそんなとこやけど、気にせんといて」

「でも、切るね。お父さんの検査結果出たら、すぐに知らせて」

「うん分かった。有明ちゃんの仕事のこと聞いたらすぐ治らはるえ、お父さん」

とってつけたような明るい声で言って、母は電話を切った。

それにしてもこれまで病気などしたことがなく、大の病院嫌いの父が素直に検査を受けたことに有明は不安を感じた。

父自身、何か自覚症状があるのかもしれない。

有明は洗面所まで携帯電話を持って行って、洗濯機の上に置いた。そこならシャワールームからでも着信音は聞こえる。急いでシャワーを浴び、バスローブを羽織ったとき携帯が鳴った。

「おう有明、聞いたよ。おめでとう」

久しぶりの父の声だ。別段、変わりなく元気そうだった。

「ありがとう。ヘルシーな和食メニューで、みんなに健康になってもらおうと思てる。私の主張を社長さんも理解してくれそうやし」

「オゾングループは日本の農業を真剣に考えてるようや。うちの会社とのＯＥＭでもオゾンの契約農家の野菜とか米を使うことになってる。きっちり管理した有機農法を採用してるさかいちょっと割高になって、市場ではやや苦戦してるけどな。それでもあれだけ農薬を抑えてるんやから、むしろ父さんなんか安い方やと思てるんや。買い取るという契約があるさかいできることやろな」

父は一気に話し、城田の考え方に自分も賛同していると言った。

「よかった。そう言うてもらえると、私もうれしいわ」

有明は冷蔵庫からトクホのマークがついた健康茶のペットボトルを取り出し、ソファーに座った。

「おっと、もうオゾンの一員みたいやな」

父は大きな声で笑う。

「それよりお父さん、お母さんに心配かけないでね」

ペットボトルからそのまま飲んだ。女の子がラッパ飲みやなんて、と実家ではいつも母から小言をもらうが、ここでは自分が主だ。

「母さんがいらんことを言うただけや。心配するな、五七歳にしてはまずまずの健康状態やった」

「ほんまに？」

「ああ、脳にも頸椎にも異状はなかった」

「それなら、どうして凍傷なんかになるの？」

「それは……足の指の神経がちょっとな」

父の口が重たい。

「ちょっと何？」

「傷んでるそうや」

「傷んでるって、神経が」

思わず声が大きくなった。

「電話口で大声出しな」

「大声にもなります。だって脳も頸椎も何ともないって言ってて、変じゃない。ちゃんと言うて、お父さん」

有明はソファーに座り直した。

「食というものを生業《なりわい》にしてるもんの宿命ってやつかもしれへん」

父は笑ったような声で言った。

「宿命って、じゃあ糖尿？」

有名な和食の料理人が、自分の師匠が糖尿病で自分も高血糖であることを指して「真剣に料理と向き合えば血糖値は上がる。それは真剣勝負をしている料理人の宿命であり勲章だ」と言っていたと、以前父に教えてもらったことがある。

優秀な料理人ほど、もっと美味《おい》しいもの、さらに人を唸《うな》らせる味を創り出すまでに試行錯誤を繰り返す。その間にどれほどの味見をするか分からない。

たとえ一口、ごく少量の味見であっても、度重なれば過多になる。それゆえ努力の証《あかし》が、血糖値の上昇という形で現れるということのようだ。

「父さんの言うてたこと覚えてたか。そうや、まあそんなところや」

「そんなところなんて、まるで他人《ひと》ごとみたいに」

「最近飲み過ぎなんや。甘いもんも父さん好きやしな。責任のある仕事を任されてるし、ストレスかて増えてるさかい。まあ、ストレス解消のアルコールもお菓子もぎょうさんよばれてるし」

「理由にならない、そんなこと。だいたい原因が分かってたら控えないと」

きつめに言った。

「そやな、有明の言う通りや。まあちょっとの間だけでも、控えるわ」

「当たり前です。でも会社の定期健診ちゃんと受けてたんでしょう?」

父は入社以来毎年定期健診を受けていて、検査項目に血糖値もあった。それは有明もキョウレイに勤めていたから知っている。

「肥満やから優等生とまではいかんけど、異状があるとは言われたことない。そやから大したことないと思うで」

「じゃあ第二型だよね」

糖尿病といっても二種類ある。血糖値を下げるホルモンであるインスリンを作る膵《すい》臓《ぞう》のβ《ベータ》細胞が何かの要因で破壊されてしまう第一型糖尿病と、暴飲暴食や運動不足など生活習慣の乱れでインスリンの量が減ったり、その効き目が悪くなる第二型糖尿病だ。

「そういうこっちゃ」

「いままで血糖値で引っかからなかったんでしょう？」

「まあな、定期健診では空腹時血糖値が九十二〜三やった。検査結果の早見表では空腹時血糖値一一〇未満が正常ってなってたから、悪くはないやろ」

「それじゃほんとに急に病気になったってことなのね。だいたい糖尿病で足の感覚っておかしくなるもんなん？」

有明の頭の中で父の凍傷と糖尿が結びつかなかった。

「いや父さんには予備知識があったんや。職場にもおんなじ症状の人がいたさかい。そやからある程度は想像できてた。お母さんには言うてないけどな。まあ割とあるみたいや、手の先とか足の指とかにしびれが出ることが……」

「そうなの」

確かに糖尿病で恐ろしいのは、継続して高血糖状態が続くことで起こる合併症だと聞いたことがある。合併症は腎機能障害や網膜症、壊疽《えそ》などを引き起こす。その中に神経障害というのもあったかもしれない。

「ドライアイスが分からないなんて重症なんじゃないの」

「いや、それはたまたまや。割と分厚い靴下はいてたんや。それでじわりっと冷えよったんやと思う」

「いくら分厚い靴下いうても……」

「そんなもん裸足やってみいな、お父さんかて飛び上がるがな」

父がこれでもかと言うほど大きな声で笑う。

「それもそうか」

父につられるように有明も笑った。

「それで治療したらその麻痺みたいなのは、すぐよくなるってことよね？」

「なあ有明、有明の言葉、どんどん標準語と折衷されていくな。ほんまに我が娘か？振り込め詐欺ちゃうやろな」

「あのね、これだけ話しておいて詐欺はないでしょう。そんなこと言って、はぐらかさないの」

ぴしゃりと言った。

「はぐらかしてなんていいひん。病気が良うなるために病院があって、お医者はんが居はるんやから」

「お父さん、相変わらず屁《へ》理屈が多いわ。お医者さんに嫌われるで」

「放っといておくれやす、有明お嬢はん」

またいつもの、おどけた口調だ。

「何よその言い方」

吹き出すのをこらえた。父の明るさにはいつも救われる。

「で、どんな治療なん？　やっぱりインスリン注射を打つの？」

「いや、そこまではせえへんと思うけど……」

何か隠していると有明は感じた。

「私が主治医に詳しい話を訊《き》こかな。お母さんはのんきなとこがあるし」

「あかん、それはあかん。母さんの仕事取ったりな。とにかく他は何ともなかったから心配せんと、有明の仕事をあんじょう全うしてくれ。それが何よりの薬やから。それにインターネットでいらんこと調べるんやないぞ。極端なことも書かれてるさかい。父さんはお医者さんと相談して、病《やまい》と上手に付き合おう思てるから」

元気だと言わんばかりの張りのある声を出し、電話は切られた。

引っかかるところもあるが、確かに主治医がついているのなら安心だ。東京であれこれ心配してもどうなる訳でもない。

気持ちを切り替えようと、有明は契約書と一緒に受け取ったスケジュール表をテーブルの上に出した。

それによると三日後から打ち合わせと、オゾングループの契約農場の見学が始まる。レストランは全国展開するが、食材はそれぞれの近くで調達しなければならない。チェーン店でありながら地産地消を具現化するためには、おのおのの作物の特質を頭に入れる必要があった。

有明はティッシュを丸めて、てるてる坊主を作った。遠足になると決まって雨に見舞われた小学生の頃を思い出す。目と口を書いて、寝室まで行き窓のカーテンレールに糸で吊した。

前日に飾って晴れたためしがなかった。

「三日前なら御利益あるでしょう？　せめて農場見学の日は降らないでください」

てるてる坊主に手を合わせた。

太り気味のてるてる坊主が、晴れ男だと自慢している父と重なった。父と出かけて晴天だったことはなく、雨はすべて有明のせいにされた。

しかし、どう考えても凍傷を負うまで冷たさが分からなかったというのはおかしくないだろうか。神経が相当やられているということなのか。タレントが糖尿病で足を切断したと話しているのをテレビで観たことがある。

やっぱり病院の医師に話を訊いた方がいいかもしれない――。

2

八牧英二《やまきえいじ》が、社長の城田洋からレストラン部門企画部課長を拝命したのは三ヵ月前の三月三日だ。フードコート企画課係長だった彼の、オゾン大阪高槻《おおさかたかつき》店でのフードコート展開の実績が買われたということだ。

辞令を手渡すとき、会社でも異例の抜擢だと上司が喜んでくれた。

慌ただしく高槻の社員アパートを引き払い、オゾンの本社がある東京都文京区のワンルームマンションに入居。毎日会議ばかりで神経を使い、帰宅しても眠れない日が続いていた。

夜中に起きると、禁煙中なのについタバコに手が伸びてしまう。

英二の家は農家だ。遠縁にはタバコ栽培をする者もある。そのせいもあってタバコの葉っぱに悪いイメージはなかった。しかしレストラン部門に配属されて、副流煙の毒性などを研修で学び、禁煙を決意したのだった。

英二の実家は、岩手県の西根《にしね》というところでほうれん草を作っていた。兄が家業を継いだため、近くのオゾンマーケットに就職した。

真夜中、マンションの窓から見える東京の高層ビル群を見る度、野良仕事で身体を動かすことの方が性に合っていたとつくづく思う。

就職してまもなく、ただ西根のほうれん草を使いたくて、地元でも人気のあったグリーンカレーをフードコートで出し好評を得たのが本社の目にとまった。それがきっかけで大阪高槻店のフードコート企画課へ転属されたのだ。

高槻では「なにわ伝統野菜」の服部《はっとり》しろうりという特産物を、揚げた豚と炒め、とろみをつけた白湯《パイタン》スープをかけた「あんかけ焼きそば」が好評で、服部しろうりの珍しさも手伝いテレビや雑誌で話題となった。

英二にとっては、マスコミに取り上げられたことより、社長賞をもらったことの方が何倍も嬉しかった。それは社長が、利潤の追求と同じくらい、農業振興というものを大事に思っていることが分かったからだ。

農業について、一家言《いっかげん》を持っていることは話に聞いていた。それを自分の肌で感じることができたのだ。フードコートの一メニューにさえ目を留めてくれた喜びに、つい口が滑った。

社長賞授与式が大阪のホテルで催され、社長を囲んで懇談する機会が与えられた。

英二からすれば城田は雲の上の存在だ。自分の性格からも、尻込みして思うことの何分の一も話せないはずだった。

ところが城田の気さくな人柄と、大阪転勤以来飲んでいなかった日本酒を久しぶりに口にしたのが手伝って本音が出てしまった。しかもその日本酒は懐かしい故郷の地酒「蔵人《くろうど》の酒」だった。

同じように表彰される者のテーブルには様々な酒が用意されていたのだが、そこに蔵人の酒のラベルを見つけたとき、城田のもてなしに心打たれた。故郷を離れて約一〇年、実家に帰ったときしか飲まない地酒を大阪で目にするとは思っていなかった。墨字のラベルを見ているだけで岩手山の姿が目に浮かんだ。

社長は本当に自分のことを考えてくれている――。この人を裏切ってはならない。たかが酒だが、そこに込められたものがある。一社員の故郷の誇りというものを城田は知っていると思った。

「社長が農業のことを考えてくれるのは、農家の息子としてとても嬉しいです。ただ、このままでは、本物の野菜の味を知らない子供たちが増えると思うんです」

「ほう、うちで扱ってるものは本物ではない、と言うんですか」

城田が真顔になった。

「そういう意味じゃありません。料理に調味料を使いすぎてると思うんです」

「それは野菜本来の味を誤魔化しているということですか」

「そうです。本当は渋みとか苦み、酸味といったものを身体は欲しがってるとぼくは思ってます。ですがいまのフードコートだけじゃなく、他の店やファミリーレストランでもですが、それらを打ち消すように味を濃くしてます。これじゃ外国産のものも国産のものも一緒です。確かに子供には食べにくいものもありますが、舌を育てておかないと彼らが大人になったときに本物の野菜を食べない気がします」

英二は自分の経験からそう思った。子供の頃タラの芽や蕗《ふき》が食卓にならんだが、苦みが好きになれなかった。けれど母は、旬になれば容赦なく英二に食べさせた。それらの苦みが旨《うま》いなと感じたのは、高校生の頃だった。

「つまり本来の味を知れば、国産の野菜が美味しいと思うようになるという訳ですね」

うなずきながら城田は言った。

「そうです。それは……何も野菜だけじゃありません。米だって同じです」

「米も？」

「うちの実家はほうれん草農家ですが、本来は稲作でした」

減反政策によって八牧家も米からほうれん草への転作を選択した。米の消費が落ち込んだことのせいにするが、そんなことは敗戦後に米国の食文化を取り入れたときから分かっていたはずだ。

いくら米価の安定が目的の生産調整とはいえ、できるならばいい米を作りたいと思っているのだ。それが稲作農家の業《ごう》だという人もいる。

英二の原風景の中にも、ぎっしり詰まった稲穂に覆い尽くされた田んぼがある。豊穣を常に祈ってきた民なのだ。だからいい米をたくさん作ることを生きがいにしてきた。

稲作農家のみんなは、もう一度豊作の祝い酒に酔いたいと思っているにちがいない。だからといってその他の作物も、自給率を見ればとても誇れる状態にはない。

その分、オゾングループの地産地消のシステムに期待を抱いた。

「なるほど。子供の頃の味に結局は戻る。懐かしさが美味しさの真の正体だと私も思っていました。これからの農業を考えたら、ファミリーレストランでどんどん米や国産の野菜を使ったものを味わわせることが大事になると、ね」

城田が微笑んだ。

「八牧さんはおいくつですか」

「ぼくは来月で、二九歳になります」

四月一〇日が誕生日だ。

「二九歳ですか……ちょうど私の父がオゾンマーケットを創業した年齢ですね」

城田は、遠くを見るような目をした。

「会社のパンフレットで読みました。凄いなって……」

お酒の勢いをもってしても上手いお世辞が言えなかった。元々そういうことが苦手なのだ。

「私の決意というか決心も農家の方と深い関係があるんです」

「社長の家は代々豪農《ごうのう》だったと会社概要で読みました」

「ええ、父が農家の現状を憂い、一番汗をかいた人間が報われるような仕組みを作りたいと始めたのがマーケット城田でした」

マーケット城田はオゾングループの前身だ。

「一番汗を……。それは豪農にもかかわらず小作農家に目を向けてくださったということですね」

「そういうことになりますね。苦労してもなお報われない農家があったということです。私も幼少の頃、父に連れられて各地の農家を回ったことがありますが、本当に悲惨な……思い出すとちょっと」

城田が言葉を詰まらせた。

「ぼくも、昔は岩手でも凶作の年にはとても辛《つら》いことがあったと、祖父や親父から聞いてます」

出稼ぎという名の口減らしが、戦後の日本でも行われていたそうだ。最後の集団就職の汽車が上野駅に着いたのは昭和五九年だと書かれた本を読んだこともある。それほど昔の話でもないのだと驚いたことを記憶している。

「そうですね。とにかく農業従事者の方にいいものを作ってもらい、それを流通させたい一念だったと父は言ってましたよ」

城田の父、茂《しげる》が六五歳で脳梗塞によって他界したのは七年前だと書いてあったから、洋は当時四〇歳だったことになる。四〇歳でグループ売上高が九〇〇〇億円弱の会社の舵取りを引き継いだ大変さなど、英二には想像がつかない。けれども農家を大事にするという創業者の思いをきちんと継承していると知って、胸に熱いものがこみ上げた。

「八牧さん、レストランの全国チェーンを立ち上げる計画があることはご存じですね」

城田は蔵人の酒を注いでくれた。

「はい、上司から聞きました。ですから、本物の味をなんて偉そうなことを申し上げたんです」

「やはりそうでしたか。私は、レストランチェーンでの収益をそれほど望んでいる訳ではありません。私にはもっと大きな構想があるんですが……、どうです？　八牧さんも参画する気はないですか」

「ぼくは、いえ私……」

喜んでやらせていただきます、と言いたかったのに、言葉が詰まってしまった。英二の腹は決まっていたのに、

「お願いします」

と頭を下げるのが精一杯だった。

「まだ何も話してませんよ。それなのに、結論を出していいんですか」

と城田はめがねのフレームを直し、微笑んだ。

「はい。社長の農業への思いは分かっているつもりですから、私、社長についていきたいと思います」

喉がひっつきそうになりながら、何とか言い切れた。

「そうですか。私の構想が成功すれば、農業こそ国民の食を支える誇り高い仕事だ

と、みなさん思えるはずです」

「食を支える……誇り」

そうだいま農家に必要なのは、国民の食を支えているという誇りなのだ。それを削《そ》いできたのは、他ならぬ国だ。

「現在は契約農家という形をとっていますが、いずれは株式会社オゾンファームを立ち上げようと思っています」

「会社組織にされるんですか」

「その予定です。しかも生産、流通、そしてリサイクルの循環型農業として完結させる総合ファームです」

城田は空になった英二のコップに、蔵人の酒を再び注ぐと続ける。

「農家の方にはいいものを作ることだけに集中していただきます。そうできる環境を整えるために経済面や技術面からのバックアップは惜しみません。できた作物はオゾンマーケットや、マーケット内の惣菜、フードコート、そしてこれから展開するレストランチェーンで消費します。さらに賞味期限切れや食べ残しは自社のプラントで肥料や飼料にして、農家や酪農家、畜産農家へ還元する。循環させて無駄を出さない農業形態を実現しようという計画なんです。高齢化した農家には若い人材を派遣して補い、産業としてもさらに発展させたいんですよ、八牧さん」

よどみなく話し終わると城田の目が鋭くなった。

「農家の方々は、ファームの社員になるんですか」

「法律的には現行の契約農家のままで、個々人はオゾンファームの社員ということになるでしょうね。国からの補助金の問題もありますから。ただ、農地を各家が所有しているからといって、農作業は各人に任せきりというのでは少子高齢化の一途をたどる我が国において、ただただ農業の衰退を待つだけになってしまいます」

「じゃあ思う存分、農業に打ち込めるんですね？」

減反や転作、後継者問題に頭を悩ますことがないとすれば、英二の父や祖父のように一心に農作物を育てることができる。

「それが仕事ですからね。怪我や病気のときでも治療に専念できるようにしますし、介護、子育てのサポートも会社としてさせてもらいます。つまり、金銭的な補償などではなく、法人組織だからこそ支えられる仕組みを作りたいんです。どうです？　子孫に誇れる農業の姿が見えてきませんか」

城田はコップを掲げ、透明な酒を見つめる。

まるでそこに田園風景が見えてでもいるような優しいまなざしだった。

「見えます、社長。本来の農業経営の姿が」

「国内での自給率をとにかく引き上げる。それが急務です。TPPを諸手《もろて》を挙げて賛成する訳ではないですが、高い関税をかけて、そのお金を補助に当てるなんて消極的なことをしているからいけない。価格がどうなっても国内産のものを食べる。できるだけ近い場所で作られたものを消費することですよ。地域の誇りが詰まった特産品を中心にね」

英二への表彰は、浪速の伝統野菜を生かそうとした点を評価したのだと、城田は言った。

「誇れるものを持つことが、何よりも大事だってことをあなたは知っている。そう思ったんです。今夜は話せてよかった」

城田と懇談した二日後に、本社レストラン部門企画部への配属の辞令が届いたのだ。

その日、朝から雨が降っているにもかかわらず、英二は心が高揚していた。企画会議から解放されてレストラン事業が具体的に動きだすからだ。

その第一弾として、広告宣伝部と合同で料理研究家の水谷有明を伴い、契約農家への下見をすることになっていた。

契約農家については、城田の配慮で英二の故郷、西根のほうれん草農家が選ばれた。英二の同級生、佐藤均《さとうひとし》の家だ。

英二が、佐藤にオゾングループの契約農家になることを勧めたのは、安定的にほうれん草が売れることはもちろんだったが、農業に嫌気がさしていた佐藤を鼓舞する意味合いの方が強かった。

「オゾンと関係を作っておけば、お前が農業をやめたときでも何とかなるべさ。だからいつでもやめられる。保険みたいなもんさ」

相当無責任な発言だったが、いまとなれば彼にとってよかったと思っている。佐藤の身体の中にも農耕民族の遺伝子が脈々と引き継がれていたようで、いまでは西根でも指折りの働き者だと噂されている。少しでもいいほうれん草作りにと燃えていた。

そんな佐藤は、有明に見てもらう生産者としては適任だ。この季節は種まきの時期だが、一年を通じて出荷できるようにしているため、ハウスでは自慢のほうれん草を見てもらえる。

有明については著書や雑誌の記事を読んで事前に調べていた。

彼女の特徴は、その辺の女優よりも美人だということと、何より昆布や鰹節《かつおぶし》など和食の「うま味」にこだわったメニュー作りをする料理研究家だということだ。

うま味については、オゾンマーケットのフードコートでもできるだけ化学調味料を使用しないようにしている。出汁《だし》の素にしても粉末ではあるものの自然素材を使ったものだ。

ただこれがくせ者で、和食の場合は特に塩と醤油《しょうゆ》、みりんと砂糖を上手く使わなければ味が薄すぎるとクレームの対象になる。

つまりさほど舌が敏感でない一般客には、うま味をきちんと味わってもらうこと自体が難しくなっているのではないだろうか。

今度の事業で全国に展開するのは、高級料亭ではなくいわゆるファミリーレストランなのだ。その辺を有明はどこまで理解しているのかが気になる。

とはいえ有明と仕事ができることは男として単純に嬉しかった。佐藤に連絡を取ったとき、わざと同行する料理研究家の名前を告げなかった。辛口で評判をとった人物とだけ伝えてある。きっと佐藤は、難しい顔つきの男性がやってくると思っているはずだ。

英二は、有明を花巻《はなまき》空港のロビーまで迎えに行くことになっていた。七時台のはやてに乗り、新花巻駅に到着したのは一〇時過ぎ。タクシーを飛ばして「オゾンマーケット花巻店」の事務所に顔を出し、社用車の軽を借りた。広告宣伝部の岡本はコピーライターとカメラマンを伴って、すでにワゴン車で佐藤農園に向かっているはずだ。

英二は事務所から佐藤に最終確認をして一二時に空港へ向かった。有明が乗った飛行機が空港に着く時刻は一二時三五分だ。ここからなら約二〇分ほどで空港に着ける。

空港に着き、梅雨の平日で人気のないロビーの壁にある時計を見ると、一二時二五分だった。

ほどなく飛行機が滑走路に着陸するアナウンスが空港内に流れた。いよいよ一大プロジェクトが始まると思うと武者震いした。

「すみません。私の都合で空港まできていただいて」

有明は小走りに近づくと深々と頭を下げた。

長い髪を後ろに束《たば》ねたシュシュは、明るい緑色だ。ほうれん草農家へ見学に行くことを意識しているのだろうか。もしそうなら、しゃれっ気のある女性かもしれない。

有明は雑誌で見るより小柄で、華奢な印象だった。

「いえ、こちらこそ軽自動車しかないもので窮屈な思いをさせてしまうかもしれません」

英二も頭を下げた。

「お忙しいのにお時間を割いていただいたようで……」

と言ったのは、東京住まいと聞いていた有明が、大阪国際空港を利用していたからだ。

「伊丹から飛行機なんて偉そうなことしてしまって、お恥ずかしいです。ちょっと実家に用があって。まったく仕事とは関係ないんです」

有明は紺色のジャケットの袖から覗《のぞ》く白い腕を左右に振った。

「ご実家は確か京都でしたね」

彼女の書いた本の著者プロフィールには京都市出身とあった。

「そうなんです、二条城の北の方です」

「二条城には高校の修学旅行で行ったことがあります。そうですか、あの辺りにご実家があるんですか。いいですよね、お城の近くなんて」

自分でもぎこちないと思う。気の利いたお世辞を言おうとしたが、二条城をあまり覚えていなかった。

「廊下が鶯《うぐいすば》張りだったの、覚えてますか」

「そうでした、覚えてます。キュッキュッと鳴る廊下が当時の防犯システムだという説明を聞いて、面白いと思いました」

有明の言葉でふと思い出した。

「私の実家も、階段を上がるとき、あんな感じで軋《きし》むんですよ」

有明が笑った。

「うちの実家だって似たようなもんです。庶民はお金をかけないで、くせ者侵入の備えができてる訳ですね」

そう言うと英二は、有明と一緒に笑った。

少し和んだところで、どちらからともなく歩き出した。

「これから行く農園はここから一時間強の場所です」

「事前に頂いたメールでは西根ってあったんですけど、西根ほうれん草はすでにブランド化してますね」

「みんなが頑張りましたから。実は、西根はぼくの故郷なんです」

有明を助手席に乗せると車を発進させた。

「そうなんですか」

「社長のご厚意だと思いますけど、プロジェクトの口火を切る見学が西根からなんて、ありがたいです」

本来ならば東北自動車道を使用するが、途中の風景を見たいという有明のために国道四号線を北上する。

それからも英二は、城田の話を続けてしまった。

自分の会社のことを自慢げに喋《しゃべ》るのは気が引けたが、社長賞授与式での城田の話をどうしても有明に聞かせておきたかったのだ。

外食産業としての利潤を追求するだけではなく、日本の農業そのものを考えたプロジェクトであるということは、彼女にも分かって欲しかった。

レストランは循環型の農業の一環であることから、使用する食材を考えてもらいたい。つまり主役は料理ではなく、食材だと英二は解釈している。

その点、有明は和食派の料理研究家なので、濃いソースで誤魔化したり、素材が何だか分からなくするようなことはないと思っている。

しばらく有明は車窓の景色を眺め、時折デジカメで雨の田園風景を撮影していた。

水田の稲は、まだ青々とした苗の状態だ。

「私、やっぱり雨女」

有明がため息をついた。

「ぼくは完璧な晴れ男のはずなんですけど」

本当のことだった。

「私の雨降らしパワーが勝ったってことですね。てるてる坊主も全然歯が立たないんですよ、嫌になっちゃう」

と言って有明は頬を膨らませる。

「じゃあ農家が日照りで困ったら、水谷さんにきてもらわないといけませんね」

「日照りのときですか」

と漏らすとじっと風景を見つめていた。

石鳥谷《いしどりや》、紫波《しわ》を通過して、もうすぐ盛岡市に入ろうかという場所で唐突に有明が、

「八牧さんって、社長を尊敬されているんですね」

と訊いてきた。

「ああ、すみません。やっぱり自社の社長のことばかり喋り過ぎですね」

「いえ、そうじゃないんです。八牧さんの話を聞いていて、うらやましいなって思って」

有明は、これまで人が会社や上司の愚痴をこぼす場面は多く見てきたと言った。

「愚痴って、耳に入ってくるとあまり気持ちがよくないんですよね。なんていってる私も、愚痴ばかりこぼしてましたから偉そうなこと言えませんけど」

「料理研究家になる前の話ですか。会社勤めをされていたんですね」

「ええ。本を出してどうにか食べていけるようになってからは、やりたいことができる喜びの方が大きくなりました」

「料理が好きなんですね」

「食べることって生きる基本だと思うんです。でもそれだけじゃなく、私は料理で食べた人を幸せにしたいと思ってるんです。かっこつけすぎですか」

有明は澄んだ声で笑った。

「それは農業従事者も同じ気持ちです。手塩に掛けるのは高い値をつけたいためだけじゃないですから」

あくまで食材を主役にしないといけない。

盛岡市内に入ると少し渋滞してきた。盛岡市は英二から見て、充分都会だった。

「そうですね、それだけになってしまうと、庶民の手の届かない食材ばかりが店頭に並ぶことになります。オゾンマーケットとしてはいいものをできるだけ安く提供しないといけないんでしょう？」

「それはそうですが……」

　上手く言いたいことが伝えられない。

「生産者の立場だけを言えば、高価ということより安定的に買ってくれることの方がありがたいんです。出来不出来にかかわらず。その点はうちの契約農場は収入が見込めますんで、さらに設備投資をして生産性も向上します。ですが、そういう安定だけのために生産者は汗を流しているのではないということなんです」

　思いつくことを早口で言った。

「つまりそれは、やりがいとか、生きがいってことですか」

　有明がそう言ったとき信号につかまった。

「それもありますけど、農業の血というか、習性みたいなもので、種まきをしたら誰に何をいわれることもなく、そこの土でできる最高のものを育て上げたいと努力するんです。少なくともこれから行く佐藤はそういう男です」

「そこも料理に似てますね」

「でも今度のレストラン事業では食材が主役です」

　初対面で言うべきことではなかったかもしれない。

　いや、はじめにきちんと言っておかなければ、後になるほど軌道修正しにくくなるではないか。すでに信号が変わっていたのだろう後方からクラクションが鳴り、慌てて車を発進させた。

「八牧さん、それは城田社長の考えなんですか」

有明は、これまでよりゆっくりとした口調で訊いてきた。

もしかすると京都出身の有明にとって、それが普段の話し方なのかもしれない。京都と大阪は地理的には近いが、ずいぶん話し方はちがう。高槻に転勤して、関西弁を一絡《ひとから》げにはできないことを知った。

「いいえ、これはぼく個人の意見です。気を悪くされましたか」

少々後悔しながら尋ねた。

「どうして、私が気を悪くするんですか」

反対に有明が訊いてきた。

「いや、だって主役を料理ではなく、材料の方だって言ったから」

市街地を抜けると、また風景が変わり、左手に岩手山を見ながら右手は田園風景へと戻った。そして滝沢市で分岐し、四号線から二八二号線へのルートを走る。もうすぐ佐藤農園だ。

「そんなの当たり前です」

いとも簡単そうに言ってのけた。

「当たり前……」

「ええ。私、料理を主役だと思ったことありません」

有明の口調は強かった。

「そ、そうなんですか」

たじろぎながら言った。

「でも、料理研究家としては、あくまで材料は材料で、主役じゃないのではないですか」

「八牧さんは、映画はお好きですか」

「嫌いじゃないですけど、最近はあまり見てないですね。どうしてですか」

また唐突な質問だと思った。

「料理は映画だと思ってください。それぞれの役者が素材です。素材の中から主役や助演者を決めていくのが監督である料理人だと。映画の主役は誰ですかと尋ねたら、みんな主役を演じた俳優の名前を挙げませんか。私は、ほうれん草ならほうれん草が一番美味しくなる台本と舞台、照明にその他の配役、それを与える仕事をしていると思ってます」

「うーん、なるほど……そういう考え方もあるんですね。いや変なこと言ってすみませんでした」

素直に謝った。有明は自己顕示欲で料理研究家をしているような人間ではないと感じた。

彼女なら全国各地の農作物の味を引き出してくれるかもしれない。

「あそこに、木製の看板が見えますでしょう。佐藤農園です」

英二は前方を指さした。

車を徐行させて、看板の手前をゆっくりと左折する。そこはもう佐藤家の敷地で、農機具などをしまった納屋を越えたところが駐車場になっていた。

英二は傘を持って先に降り、助手席のドアを開く。

「どうぞ」

3

その夜、有明は英二が用意してくれた八幡平《はちまんたい》市のホテルに泊まることになった。宴席を設けてくれて、そこに佐藤農園の佐藤均も参加した。

　広告宣伝部の岡本は参加しているが、コピーライターとカメラマンは東京に帰った。

「本当に申し訳ありませんでした」

　岡本が頭を下げる。彼が謝ったのは、有明が執拗に顔のアップを狙ってきたことに文句を言ったからだ。

「あんなにアップばかり撮れとは言ってなかったんですが」

　それほどきつく拒否したわけではなかったけれど、現場の空気はよどんだ。それ以後有明の笑顔は冴えなかった。

「いえ、私の方もちょっと大人げなかったと……」

　自意識過剰と思われたにちがいない。

「レストランのオープン時に、小冊子とホームページでこれまでの取り組みを紹介するのに、アイキャッチというか、目を引くビジュアルが欲しかったんだと思います。彼らも反省してますんでどうか許してやってください」

「こちらこそすみませんでした。すごくカメラが接近してて、ちょっとたじろいでしまったんです」

　有明も頭を下げた。

「水谷さんが撮影馴れされているものだと思い込んだようです。今後は注意しますと反省してました」

岡本がうなずきながら言った。

「私、もう気にしてませんから」

「それじゃあ旨いもの食べて、水に流してください」

英二が声をかける。

「かえって気を遣ってもらってすみません」

そういいながら、英二に向かって微笑んでみせた。

「とんでもないです。とにかく水谷さん、今日はお疲れ様でした」

英二の言葉を合図に、岡本がグラスに冷酒を注いだ。

有明がグラスを持つと、みんなが一斉にグラスを上げて、

「お疲れ様でした」

と唱和した。

「さあ、水谷さん、お料理を召し上がってください」

英二の言葉には力がこもっていた。

どうやらこのホテルに宿をとったのは、ここで岩手の食材を使った料理を食べさせ

ることが目的だったようだ。

おひたしにされた西根のほうれん草は甘みと、ほのかな苦みがさわやかだった。それにも増して有明が驚いたのは、白米そのものの美味しさだった。

もちろん料理研究家として全国の米は一通り味見をしている。ブランド米などは、目を瞑《つぶ》っていても銘柄や産地を言い当てる自信もある。

「このお米は？」

思わず英二に尋ねた。

「やっぱり気づいてくれましたか」

英二は微笑みながら佐藤と顔を見合わせた。二人の様子から、有明の味覚を試したのだと気づいた。

まだ私を信用していないのだろうか。

「いわゆるブランド米ではないですよね」

口中でもう一度、米の味を確かめた。

「陸羽《りくう》一三二号という品種です」

にこにこしながら佐藤が答えた。

「これが……。宮沢賢治が推奨したという陸羽一三二号ですか」

声を上げずにはいられなかった。

「亀の尾」と「愛国」を交配してできた品種で、いもち病や冷害に強く、コシヒカリやササニシキの礎《もと》なのだと、本で読んだことがある。いわばブランド米の祖先のような存在だ。しかし実際に食べたことはなかった。

「さすがに、よくご存じですね。どうです旨いでしょう？」

英二も嬉しそうだ。

「ええ。ブランド米に引けを取らないくらい美味しいです」

素朴な味が、むしろ料理を引き立てていた。

「実はこれ、日本酒用に作ってるものを、特別に出してもらったんですよ。珍しいかなと思って」

英二は、稲作農家の、逆境をも必死で克服しようとしてきた魂を陸羽一三二号に感じる、と真剣な目を向けてきた。

「コシヒカリの中に生きてるんです、陸羽一三二号の遺伝子が。もちろん農民は稲作が伝来してからずっと知恵と努力を重ねてきたんだと思っています。ただあまり時代をさかのぼってもピンとこないので、これを象徴のようにとらえてるって訳です。なつ佐藤、そうだよな」

英二が佐藤を見た。

「うん」

今度は佐藤が有明を見る。

「びっくりされたでしょう？　八牧はちょっと堅いですが、こいつのお陰で農業を続ける気になったんです。話すうちに同じ考えを持つようになりました。だからこいつがオゾンの契約農家にならないかって勧めてくれたとき、親父たちの反対を押し切ったんですよ」

「農業をやめようと思ったことがあるんですか」

栽培ハウスの見学のとき、ほうれん草を前にして説明する佐藤は、やる気満々の若き農業後継者としか思えなかった。

「先細りの感じがして、展望が持てなかったんです。国が農業政策に力を注いでるって思えないですもん」

補助金がほしいと言ってるのではないんだ、と佐藤は付け加えた。

「まあ料理を食べながら話しましょう」

佐藤は有明の前の料理に目を遣った。

それぞれの前にコンロがあって、昆布を敷いた一人用の土鍋の湯が沸騰し始めた。

白金豚《はっきんとん》とほうれん草のしゃぶしゃぶだ。

「姿勢が見えないってことですか」

有明は箸《はし》で肉厚のほうれん草を摑み、湯には浸けずそのまま口に入れる。ハウスで食べたときと同じように、やはりほうれん草独特の鉄臭さやエグ味はない。おひたしでは分からない、時間が経過したほうれん草そのものの味を確かめてみたかった。店に並ぶものに近い条件だ。

続いて豚肉をつまみ鍋の中で揺らす。薄いピンク色がすぐに白く変化した。肉本来のうま味を感じるために、有明は何も付けずに口の中に入れた。良質の豚肉はそれ自体が甘い。

「美味しい」

ふと言葉が出た。

「お金を出せばいいっていう考えが気にくわなかったんです。俺ら、純粋に土地を守りたいんですよ。いやここまで育てた土を守っていきたいって言った方がいいです」

「育てた土ですか。確かに一朝一夕ではできないですものね」

何年もかけて、育てる野菜に適した土を作るという話はよく耳にする。

「さっきも見てもらった通り、うちのハウスでは年に五作連続栽培をやってます。それでいて品質を保つには、土の栄養を一定にしておかないといけません。化学肥料を使えば手っ取り早いですが、畜産農家からの牛糞《ぎゅうふん》とオガクズとか稲わら、樹皮を混ぜたものを使う。研究機関との連携で、もっとも佐藤家のほうれん草に合う肥料を作るんです。するとほうれん草は俺らの期待に応えてくれて、化学肥料より旨いほうれん草ができる。ただ今年そうだったから来年も同じかというと、またちがってくるんですね。ある意味種子と土と俺たちは会話しながらやってきた。そんな土たちを俺は愛おしいと思ってます」

佐藤が堰《せき》を切ったように話した。彼の額には汗がにじんでいる。

「やっぱり、佐藤さんも八牧さんと同じように農業そのものが生きがいなんですね」

生きがいというありきたりの言葉しか出てこなかった。けれど、佐藤の表情を見ていると、一番ぴったりの言葉にも思える。

「そうです。だから金銭的なことも大事ですが、それがすべてだと思われているようで……その辺が俺も八牧も悔しいんです」

佐藤が英二に酒を注いだ。

「で、どうでした？　佐藤のハウスを見ての水谷さんのご感想は」

英二が有明に訊き、グラスを傾ける。

「生産管理も品質管理もできてますし、あっ、もちろん味もいいです。オゾンマーケットでは八〇キロ圏内での消費を掲げてますけど、レストランだけに出す食材としてはもったいないと思います。私は西根のほうれん草を、たとえば遠く九州の人にも味わって欲しいなって」

「いやそれは社長の考え方からすれば……難しいですね」

英二が首をかしげた。

「そうなんですけど」

と言ってから、ふとひらめいた。

「あの、こういうのはどうでしょう」

三人が上気した顔を向けてきた。

「基本的には地産地消でメニューづくりをしますが、年に一度ご当地の一品を出すフェアを行うんです。そうすればどこのレストランでも各地のメニューを楽しめますよね」

「ご当地メニューの巡業」

佐藤がつぶやき、

「俺はいいと思いますよ」

と賛成した。

「うん、そうですね。特産品祭り的なものはあってもいいですね」

英二はフードコートで特産物の料理が好評を得たことがあると言った。

「それ、いいですね」

広告宣伝部としては、いろいろ仕掛けができそうだと岡本が嬉しそうな声を出した。彼はメモを取りながらも器用に酒を注いで回る。

「農園レストランみたいなイメージがいいんじゃないですか。いまそこで収穫した食材を料理して出すって感じの」

有明も嬉しくなって、さらにいま頭に浮かんだことを口にした。

「農業とサービス業を組み合わせた六次産業化ですね」

六次産業化とは、各地域の資源を有効に活用して、一次産業従事者である農林漁業者が、二次産業の加工業者と連携して三次産業の流通や販売に取組み、地域の活性化を目指すこと、だそうだ。

「社長からの受け売りですけど」

と英二は照れ笑いを見せた。

「じゃあ私の抱いているイメージも、社長とマッチしているかもしれないですね」

「そう思います。和食については水谷さんの方が専門家ですし、ぼくも少し気が楽になってきました」

「私のこと、少しは信用してもらえました？」

笑いながら言った。

「ぼくははじめから……」

「嘘です、かなり警戒してたの分かってました」

「すみません」

英二はちょこんと頭を下げた。

「あれ、否定しないんですか。ひどいなあ。でも和食のいいところを前面に押しだしながら、舌にも身体にも、そして心にも美味しいメニューを考えますから安心してください」

胸を張ってグラスを持った。そして、

「このお酒もとても美味しいです」

とグラスを見た。

「お土産に二本、用意してます。重いんで、宅配便で送りますよ」

英二が言った。

「いいんですか、うれしい」

「お酒、いける口なんですね。ご本にも晩酌メニューがいくつか紹介されてました」

「そんなに強くはないんですけど、好きですね。父が晩酌するので、中学生の頃、私がおつまみを作ってたんです。父は何を出しても旨い旨いって食べてくれるんで、その気になって料理の道へ……」

急に父の顔が頭に浮かんだ。

「じゃあ、お父さんの方へも二本用意します」

英二は送り先の住所を書くメモ用紙を有明に差し出す。

「そんなことまでしていただいたら、悪いですよ。父には私の分を分けます」

「いや、いいんです。毎年味の点検をして、合格したものだけを蔵出しするお酒です。味の分かる方に飲んでほしいお酒なんです」

「父は日本酒には目がないので、喜ぶと思います」

と言いながら有明は、病院で父を診察した医師から昨日聞いた言葉を思い出していた。

「尿に糖が降りてるし、随時血糖値が二四〇で、過去一、二ヵ月間の平均的な血糖状態を示すＨｂＡ１ｃ《ヘモグロビンエーワンシー》の値が一〇・四パーセント。少なくとも六・四以下でないといけないのですがね。ブドウ糖液を飲んでもらって血糖値の時間経過をみる負荷試験をしますが、その結果を見るまでもなくこれは糖尿病でしょうな。お父さんは肥満で血圧も高い方だから、このまま放っておくと合併症で壊疽を起こして足を切断したり、失明や腎機能障害で透析しなければならなくなりますよ。動脈硬化を起こして、心筋梗塞とか脳梗塞のリスクも大変高いしね。どこまで進行してるのか精密な検査もしないといけませんから、とにかくすぐに入院するようお伝えください」

と医師は言った。

その話を聞いた夜、有明は母と一緒に入院するように父を説得した。が、あの病院は嫌だと子供のように拒否するだけだった。

同じことを父にも伝えたが、仕事の都合がつかないことを理由に入院を拒んだのだ

「あれ、どうかしました？」

英二が声をかけてきた。

「あ、すみません。ちょっとお酒が回ったのかも」

と誤魔化した。

「そうですか。旨いでしょう、このお酒」

英二が一升瓶をポンポンと叩いた。

「ええ、あっさりして飲みやすいけれど、日本酒のコクはしっかり口の中に残ります」

有明は素直な感想を述べた。

「その上料理を引き立てますしね。やっぱりレストランでは日本酒も用意しましょう」

英二はグラスを掲げた。

「そうですね。地ビール、地酒。それからワインも置きたいです。それらに合う料理も出さないといけません」

確かに夜は、健康志向でありながらお酒が飲めるレストランというのがあってもいい。

その後本当に飲み過ぎて、有明はホテルの部屋に帰ると化粧を落とすのと歯磨きをするのが精一杯で、ベッドに倒れ込んでしまった。

明くる日は稲作農家、白金豚や短角牛《たんかくぎゅう》を育てている畜産農家、さらに有名な小岩井《こいわい》農場を回って新幹線で東京へ戻った。

4

数日後、有明は「うま味」の研究をしているとき世話になった京都の老舗料亭の料理人、呉竹定一《くれたけさだいち》と会うため、京都の伏見《ふしみ》にいた。

呉竹は八〇歳で隠居し、後進の指導に奔走していた。その日も、弟子だった料理人の作ったものを味見するため、伏見の「高瀬楼《たかせろう》」という料亭にいたのだった。

有明の方に特に用はなかったが、レストランのレシピ作りをすることになったと伝えると、お祝いをしたいからと呉竹に呼ばれたのだ。

ついでに実家に戻り、未だ入院を渋る父と会って話そうと、呉竹の招きの言葉に甘えた。

呉竹は、鰹《かつお》のうま味をいかに味わわせるかに心を砕いた料理人だ。昆布に含まれるグルタミン酸と鰹節のイノシン酸との相乗効果をもっとも生み出す比率を編み出したと言われている。弟子以外には教えないし、それができているかは呉竹の舌しか分からない。

しかし呉竹の料理も、また彼の弟子たちの作ったものも有明には深みがあると感じた。

挨拶を済ませ、有明はレストランの概要を説明し改めて礼を述べた。

「先生から学んだことを実践できるときがきたと喜んでおります。本当にありがとうございました」

「何をおっしゃる。すべてあなたの努力です。大いに腕を振るってください。今日は、お祝いに鱧《はも》懐石にしました」

呉竹は真っ白の短髪で、太い眉が話すたびに上下する。

その眉の動きで料理の評価が分かるのだと、直弟子《じきでし》から聞いた。

旨いと怒ったように両端があがり、逆にまずいと笑ったように下がる。有明の料理で、呉竹の眉が上がったことは一度もなかった。それでも一応及第点を出してくれたのは、舌の敏感さを買ってくれたからだ。

自分でも納得いかない料理しか当時は作れなかったが、甘み、酸味、塩味、苦み、うま味の何が足りないのかを有明は言葉にすることができたのだ。

「食材の持つ味を覚えれば、あなたは一角《ひとかど》になれますよ」

その言葉に従い、食材を食べ歩いた。

障子が開くと、四〇歳台の板前が深々と頭を下げ、

「先生、よろしくお願いします」

と言った。

すると女性が先付《さきづけ》を運び出す。座卓に料理が並ぶと板前が説明を始めた。

「肝《きも》の煮凝《にこご》り、皮煎餅《かわせんべい》、鱧塩辛、陸蓮根《オクラ》、茗荷《みょうが》です」

呉竹と共に有明も料理に箸をつける前にグラスの水を飲む。水は伏見の湧き水「伏水《ふしみず》」だ。柔らかな天然水は舌をさらに鋭敏にする。

凌ぎに白焼き照り焼きの押し寿司、向付《むこうづけ》の鱧切り落としと薄造りにあしらいは梅肉。吸い物の鱧摺《す》り流し、楓冬瓜柚子《かえでとうがんゆず》、焼物の鱧三色焼き、射込《いこ》み胡瓜《きゅうり》、花蓮根《はなれんこん》、変わり鱧しゃぶ、冷し肴の鱧素麺。留椀《とめわん》は赤出汁、香物《こうのもの》の三種盛り。そして鱧釜飯とデザートには酒のアイスクリームマスカット添え。

いずれも見事な味付けだったが、吸い物のときだけ呉竹の眉が下がったのに、有明は気づいた。

実は有明も塩辛さを感じていた。

すべて食べ終え温かいほうじ茶を啜《すす》ったとき、

「先生、お吸い物の塩が強かったですか」

と有明は尋ねてみた。

「分かりましたか。そうです、鱧から出るうま味を計算していないんですね。よい塩《あん》梅《ばい》にするには鰹出汁を控えないといけません。味見をしたとき違和感があったんでしょう、塩で誤魔化してしまった。鱧の味を出し切ってやれなかった。もったいない」

　呉竹が小さく息を吐いた。

「鱧からのうま味と鰹節のうま味には同じイノシン酸が含まれていますから、グルタミン酸との比率が狂っちゃったんですね」

　有明はうなずく。

「しかし、水谷さんよく精進していますね。ますますいい舌になっているようです」

　呉竹は細い目をいっそう細めた。

「料理はまだまだですけど、褒めていただいた舌だけは何とか私の武器にしたいと頑張ってます」

「うん。それで私からお祝いをしようと思いまして、何がいいかいろいろ悩みました」

「そんな、今日お料理を頂いただけで、本当にありがたく思ってます」

「まあそう言わないで、これ受け取ってもらえますか」

　呉竹は風呂敷から、自分の肘から手首くらいまでの長方形の木箱を取り出し、座卓の上に置いた。

「これは、鰹節削り器」

「私が使っているのと、同じ職人さんがこしらえたものです。手にとってみてください」

削り器を有明の方へ滑らせた。

手にするとずしりと重い。蓋《ふた》を開けるとカンナ台があって、木箱の引き出しを開けるとそこに本枯《ほんかれ》鰹節が一本入っていた。

「それは、土佐《とさ》ものです」

「先生が気に入っておられる土佐一本釣りの……とても嬉しいです。私には何よりのプレゼントです、先生」

削り器を胸に抱きしめると、桐の香りがした。

「頑張るのもいいですが、健康志向の和食を提供するんだから、あなた自身が倒れてしまわないよう、くれぐれもご自愛くださいね」

そう言った後で、

「肩の力、抜きなさい」

と呉竹は静かに付け加えた。

「はい」

と返事をしたが、自分では肩に力が入っているような気はしない。そんな風に呉竹からは見えるのだろうか。

「それと、分かっていると思いますが、外食産業にありがちなコストカットなどの理由で、化学調味料や過剰な塩分、糖分による素材殺しをしないように。もしそんなことになるようなら私の弟子として、勇気ある撤退をお願いしておきます」

呉竹は厳しい顔になった。

「それはお約束します」

きっぱりと言うと、身が引き締まる。

呉竹は黙ってうなずいた。

「あの先生、これはお料理とは関係ない話なんですが……」

気になっていることを口にした。

「何です？」

「先生は長年、味というものを追求してこられました。ですから味見も数え切れないほどされました」

「それが仕事ですからね」

「失礼ですけど、先生は健康診断で異状が見つかったこと、ないですか」

怖々《こわごわ》尋ねた。

「健康診断、ですか。まあ、この歳になればあっちこっちに故障が出ますが」

呉竹は困惑した表情を浮かべた。

「すみません急に変なこと訊いてしまって。実は父の具合が悪くて、病院で糖尿病だって言われたものですから」

父がキョウレイ食品の商品開発をしていることは呉竹も知っている。

「父自身は、味見のせいで食べ過ぎになっていたからだと思っているようなんです」

「ああ、なるほど、質問の意味が分かりました」

呉竹はうなずきながら、茶を啜った。

「うちの父と先生とを比べるなんて失礼な話なんですけれど、味見ってそんなに負担になるのかなって思いましたので……」

「私も血糖値は低い方ではないです。私の弟子にも糖尿病が多いので、実は頭を悩ましてたんですよ。そうですか、水谷さんのお父さんも糖尿病にね」

「父の商品開発もほとんどが和食なんです。油もそれほど使わないしカロリーだって高くないと思ってたんです」

「カロリーは、洋食やフレンチ、イタリアンに比べると低い方でしょうね。けれど私も血糖値は高めだし、実際弟子の中には糖尿病でインスリン注射を打ちながら包丁を握ってるものもおりますからね」

糖尿病の弟子は、どちらかといえばやせ形だと呉竹は言った。

「一概にカロリー過多の肥満が糖尿の原因でもないんでしょうか」

「私は門外漢ですから分かりません。医者に血糖値が高めだから甘いものと日本酒を控えろとしか言われなかったから、そのまま放ったらかしです」

と苦笑した。

「父の場合は……」

凍傷のことを話し、医師から壊疽だの、失明だのと合併症の話を聞いた父がすっかり怖がって入院を拒んでいることも呉竹に伝えた。

「それは大変ですね。そうだ、東山三条の『猩々《しょうじょう》』を知ってるでしょう?」

「はい」

猩々は小料理屋だが、値段をリーズナブルに設定し敷居を低くしていた。こぢんまりとした落ち着きのあるいい店で、有明も何度か飲みに行ったことがある。

「店主は、確か戸根《とね》さんという方では?」

「そうです、戸根くんを知ってるなら話は早い。彼は若手の料理人を束ねて月に一回勉強会を開いてるんです。そこへ糖尿病を劇的に改善させた医師を講師に招いたことがあると言ってました」

「劇的に。そんなに効くお薬があるんですか」

有明は身を乗り出した。

「いや、薬は使わないんじゃなかったかな。何なら戸根くんと話をしてみますか」

言うが早いか、呉竹は携帯電話を取り出した。手つきは慣れない感じだったが、すぐに戸根の電話番号を見つけたようだ。


その夜遅く、有明は実家に帰った。

事前に連絡をしておいたので、午後一一時前だったが母がお茶漬けの用意をしてくれていた。

「助かるわ、やっぱりお母さんのお漬物の味でしめないと」

居間のちゃぶ台の前に座ると、すぐにお茶漬けをさらさらっと口に流し込む。冷やした宇治茶とあられ、壬生菜《みぶな》の漬け物のほろ苦い酸味が口中を満たす。

「ああ、美味しいという言葉しか出てこなーい。参りました、母上どの」

有明は茶碗に合掌して笑った。

「料理研究家が、お茶漬けくらいで参ったしてどないするん」

母も笑う。母はとても童顔な上に色白で肌に張りがあって、とても五三歳には見えなかった。四条や河原町の繁華街で何度も若い男性から声をかけられている。応募すれば、婦人雑誌の読者モデルに一発当選するのではないかと思うくらい、娘から見てもきれいだった。

「だって、本当に美味しいんだもん。これって何だろうね」

夕方には體懐石に舌鼓を打ち、さっきまでいた猩々でも小鉢料理と日本酒を堪能したはずだ。なのに母の茶漬けをとても美味しく思う。

「上等のもんの複雑で深い味を食べた後やから、単純な味でさっぱりするんとちがうか」

「そうかな」

「それか、まだ小腹がすいてるのかのどっちかや」

「そんな、ひとを大食いみたいに言って。充分頂きまして満腹でございます。お腹いっぱいでも美味しいと感じるんやから、お母さんのお漬物の実力は凄いってことで」

また茶漬けに箸をつけた。そしてやっぱり抑えきれず、

「ああ幸せ」

と声を漏らした。

「こないなもんで、幸せやなんて、たいそうな子」

母はあきれ顔を有明へ向けた。

「で、お父さんの様子は？」

声を潜めた。

父が二階の書斎で鉄道模型を走らせている時間であることは有明も知っている。決まって就寝前の小一時間、自分で作ったジオラマに模型を走らせているのだ。鉄道に興味のない母も有明も、同じところをぐるぐる回る列車のおもしろさは分からない。それでも小学校に上がるまでは、有明も一緒に遊んでいたのを覚えている。父が本格的にジオラマ作りを始めてから、あれこれとパーツの説明が長くなって有明にはめんどくさくなった。

「あんな無神経な医者の検査なんか死んでも受けへんって、ごね通し」

母は小声で言って、

「足切るとか失明とかいうのがよっぽど怖かったんやろな」

天井の書斎のある方をちらっと見た。

「それはそうよ。私もあのお医者さんにはデリカシーを感じなかったから」

たとえ正しいことでも、言い方というものがある、と思った。

「あんなんじゃ、恐がりの人は誰も入院なんかしないんじゃないかな」

狐に似た医師の顔を思い浮かべた。

「そらまあそうやけど、放っておくわけにはいかへんし」

母が目を伏せた。

「そこで、有明姫の登場って訳よ」

有明は胸を張ってみせる。

「なんかええ方法でもあるのん？」

「まあね」

有明は、呉竹から小料理屋の店主、戸根一男《かずお》を紹介してもらった経緯を話した。

「で、いま戸根さんに会ってきたの」

「へえ、板前さんに糖尿病が多いっていうのは、お父さんの作り話やと思てたわ」

妙なところに母は反応した。

「それについてはよく分からないけれど、ただ自分の先輩にも歳とってから糖尿病になったというのはよく聞くって、戸根さんはおっしゃってたわ」

「ふーん、それはやっぱり味見する回数が多いから？」

「それも研究されてないから、どうとも言えないわね。とにかく、お父さんに治療する気になってもらわないと」

「その糖尿病を劇的に改善させたっていうお医者さんを、紹介してくれはるのん？」

母は、ガラス製の急須に氷を入れて冷やした煎茶を食べ終わった茶碗に注いだ。

「もちろん、その話をするためにうちへ帰ってきたんだもん。ただお母さんもかなり協力しないといけなくなると思うけど」

「そらそうやろね。確かにカロリー計算ってややこしいわ。私も本屋さんでいろいろ見てきたん」

母は手を伸ばして茶簞笥《ちゃだんす》の横に立ててあった『糖尿病の献立』という大判の料理本を手にし、それを有明に見せた。

「ちがう、ちがう。こんなんとはまったくちがう食事療法なの」

笑いながら手を振って否定した。

「え？」

母はきょとんとした顔を見せて目を瞬《しばたた》かせた。

「カロリー計算は必要ないんだって。それに肉類も食べていいし、お酒は焼酎とかウイスキーなら飲んでもかまわない」

「ほんまなん？」

母が大きな声を出した。

「本当よ。それで改善したって人がいるの」

戸根の話では、糖尿病と診断された料理人一二名とも、約ひと月の食事療法で四、五キロ体重が落ち、異状を示す数値もどんどん正常値に近づきつつあるという。

「そらすごいわ」

「まずは体験してほしいから、詳しいことは池辺《いけべ》クリニックの池辺藤二《とうじ》先生に直接聞いてくれって」

有明は、戸根から聞いた池辺クリニックの住所と電話番号を書いたメモを母に手渡した。

「なんか新聞の下の方に載ってる広告の雑誌の見出しで見たことあるな、糖質制限って」

母はメモに書かれた文字を見て言った。

「ダイエット法の一つとして紹介されてることが多いから、自分には関係ないと思ってたんでしょう」

「そやな。私はダイエット好きやないから」

「お母さんは太ってないしね。でもお父さんのことを考えたら」

「少しくらい気にせえって言いたいのやね」

「まあね。それで、この糖質制限は、カロリーは関係なく、お砂糖はもちろん炭水化物を極力摂らない治療法。それからデンプンだって炭水化物だから芋《いも》類もダメ」

「ご飯とか、おうどん、お芋さんも食べられへんのかぁ」

母が悲しげな顔をした。

「何もお母さんが糖尿病になった訳じゃないんだから。お父さんに隠れて食べればいいじゃない。おやつだってそうしてるの、私知ってるんだからね」

わざと横目で母を見て、微笑んだ。

「そうか、ほなそうさせてもらいます。後はお父さんを説得するだけやね、これが一番難儀やけど」

「戸根さんの話だと、お酒好きなら取っつきやすいそうよ。その辺りから説得していくしかないと思う」

「そうやな、そこがポイントやな」

「それにね、これまでの検査に引っかからなかった理由も聞いた」

有明は、戸根に毎年健康診断を受けていたのに糖尿病の進行とはこれほど早いものなのか、と尋ねたことを母に話した。

「だいたい前の晩の一〇時以降、何も食べないでって健診の注意書きにあるでしょう？」

「そうや、健診の朝なんかお腹すいたとか喉が渇いたとかうるさかったわ」

「それがお父さんみたいな人にはダメみたい」

「なんで？」

「そういう状態で採血したものを調べると空腹時血糖っていうのが分かるんだけど、その数値は正常値でも、ご飯を食べると正常な人の三から五倍も数値が上がる人がいるんだって。そういうの隠れ高血糖っていうそうよ」

空腹時血糖の正常値は六〇から一一〇㎎／㎗未満で、食事後最も血糖値が上がるといわれている一時間後でも八〇㎎／㎗ほどしか上昇しないそうだ。たとえ甘い物を食べたとしても二〇〇㎎／㎗を超えることはないということになる。

「それは大変やな。お父さんの場合随時血糖値が二四〇やったんやから」

「随時血糖は、空腹時か食後かにかかわらず、任意の時間に採血して測った数値なんだけど、その場合も二〇〇以下じゃないとダメだからね」

「ほなお父さんは、いままで隠れ糖尿病やったけど、それを放っておいたから悪くなったたってことなん？」

「その可能性が高いだろうって、戸根さんは言ってた」

「ほな空腹時に健診してても、分からへんのやね」

母は嘆き声を漏らす。

「そういうことになるわね。だから二ヵ月くらいの平均をみるＨｂＡ１ｃ《ヘモグロビンエーワンシー》の検査が必要だったのよ。会社なんかの健康診断ではその検査をオーダーしてるところ、まだまだ少ないんだって」

「ＨｂＡ１ｃやなんて、いままで聞いたことなかったわ」

「そうだよね。糖尿病ってものすごく増えてる割には分からないことが多いって印象だわ。とりあえず、お父さんにはお酒も飲める食事療法ってことを強調しましょう」

「そうしよう、そうしよう。お父さんに声かけてくるわ」

母が小さく咳払いをして立ち上がった。

5

有明が東京駅に着いたのは、次の日の午後二時過ぎだった。父への説得には三時間近くを要した。

父の会社でも糖尿病の治療をしている人がいて、カロリー計算をしての糖尿病食を続け、医者からもらった薬を真面目に飲んでいたのに、結局インスリン注射を打つようになったのだという。それで最近はうつ症に陥っていると聞いたそうだ。その他に病院通いをしても改善したという話をあまり聞かなかったということで、医者なんて信用できないと、かたくなに池辺クリニックの診察を拒んだ。

従来の糖尿病食ではないこと、そして安易に薬物療法などはしない医者であることなどを説明して、池辺医師に会って話をするだけならいいというところまでこぎ着けた。

寝不足で眼の奥が重い。いや、昨夜の話し合いのせいばかりではなく、新幹線の中で中途半端《はんぱ》な眠りについたことが影響しているようだ。

有明は駅近くのホテルのラウンジで三時から打ち合わせをするために、早足になる。自分の歩くリズムに合わせて、振動が頭の芯《しん》に響いた。

しばらくすると吐き気まで催しそうになったので、携行している頭痛薬を口に放り込み、新幹線のワゴンサービスで買っておいた茶で流し込んだ。

早く効いて、と心でつぶやく。

今日の打ち合わせ相手は、レストランの内装コンセプトを作成する空間デザイナーだ。メニュー作りとは関係ないが、同席させて欲しいと英二に頼んだのだった。料理の味は、食べる人の味覚だけで成立するほど簡単ではないからだ。

味覚、視覚、嗅覚、聴覚、触覚の五感とさらにインスピレーションともいうべき感覚までに働きかけなければならないと有明は思っている。つまり食事をする空間そのものも料理の器なのだ。

自分の料理のイメージを壊す内装をされては、台無しになる。デザイナーの感性を確かめておきたかった。

ラウンジにつくと、英二からデザイナーの黒岩寛吾《くろいわかんご》と大島多恵子《おおしまたえこ》という若いアシスタントを紹介された。

「雑誌とかより、ずっとお綺麗《きれい》ですね。お目にかかれて、すっごく嬉しいです」

多恵子が言った。

「ありがとうございます」

頭痛は治まりつつあったが、愛想笑いにしかならない。

黒岩も多恵子もレシピについては何も触れなかった。

「では、これを」

と黒岩が言うと、多恵子が書類を配った。

全部で六枚、レストランの外観と内装のパース画だ。

「全部で三パターンのパースを持ってきました」

黒岩が切り出し、話し続けた。

「健康志向って聞いたんですけど、ちまちましたカロリー計算とか塩分表記が目につくと興ざめしてしまうでしょう？　せっかく旨い料理を味わうために外食するんですから、元気で食欲旺盛、がっつり食べるっていう意味の健康イメージを前面に押し出したいんです」

黒岩は、デザイナーというのはこういう格好をしなければならないという感じで、長髪を後頭部で束ねて水色のジャケットを着ていた。多恵子も茶髪を一際《ひときわ》大きくアップにして、耳には左右大きさのちがうピアスを揺らしている。

「三つのパターン、それぞれのコンセプトは同じですか」

英二が尋ねた。

「微妙にちがうんです。一枚目のは一言で表すと、がっつり。二枚目は、食べて元気です。最後のは食べる幸せ健康一番」

「なるほど、それで食欲をかき立てるよう全部暖色系で統一されているのですね」

英二が内装のパース画を見ながら言った。

有明もパース画に目を落としながら、

「和食だからって、日本料理の店みたいにする必要はないと思うんですけど、畳敷きで、できれば琉球畳を使い、座敷は掘り炬燵《ごたつ》式でゆっくり料理を味わえる雰囲気にはしていただきたいと思っています」

と言った。パース画が、どれも安っぽい方向であるように思えたからだ。

「畳に掘り炬燵ですか……レストランというより居酒屋みたいにならないですか」

黒岩が頭を振りながら言った。

「そう見せずに、健康志向の和食レストランに仕上げるのが黒岩さんのデザイン力だと思います」

まさにそこがデザイナーの腕の見せ所ではないのか。

「うーん、デザイン力なんて言われたら、ちょっと考えちゃいますね」

黒岩は目で英二の顔を窺う。

「いまは予算のことは脇に置いて考えませんか」

そう言った英二の言葉で、黒岩のパースが安っぽい訳が飲み込めた。

内装にそれほどお金はかけられない、ということなのだろう。それでは困るのだ。どこにでもあるファミリーレストランにはしたくない。いままで英二が担当していたフードコートでもないのだ。

それでは有明が参画する意味はない。

「八牧さん、本当にいいんですか」

黒岩が確かめる。

英二は静かにうなずいた。

「じゃあ水谷さんの言うような方向で描き直しましょう」

黒岩は椅子の背にもたれて有明を見た。

「お願いします」

有明も黒岩の目を見つめ返した。

「もう一度整理しますすね。健康志向で、身体にも心にもいい和食レストラン。それで琉球畳に掘り炬燵形式の座席。それでいて居酒屋には見えない」

黒岩が声に出して、多恵子にメモをとらせた。

「で、ファミリー向けなんですね」

黒岩は念を押すように言った。

「そうです」

英二がうなずく。

「うーん、じゃあ目玉は？」

「水谷さん監修のメニューです」

英二が言い切った。

「それでいて、高級和食の店でもないんですよね」

依然として黒岩は不満げだった。

「そうなんですが、値段設定は少し高めにはなるかもしれません」

と答えたのは有明だ。

「少し、ですけど」

英二は有明をちらと見て、釘を刺すように言った。

ことさら高値にする気持ちはないものの、現段階で価格を限定されるのに異論はあったが、ここで言っても仕方ないと有明は言葉を飲み込んだ。

値段に見合う料理を出せば、満足してもらえる。決して高いなどとは思わせない味を提供すればいいのだ。

黒岩は再考するからさらに五日ほど時間がほしいと言って、席を立った。多恵子が有明の著書にサインを求めてきたのに応じ、四人は一緒にラウンジを後にした。

第二章　今日のあじつけ　*Recipe*

1

有明《ありあ》は梅雨が明けたと発表された七月の中旬まで、全国にあるオゾングループの契約農園巡りで忙殺されていた。

その間母から、父が案外素直に食事療法を続けていることを聞いていた。

「朝からステーキを食べてるんやで。血糖値は下がってるけど……」

エンゲル係数は上がりっぱなしや、という母の愚痴も深刻そうには聞こえない。

それだけなら有明としても一安心できた。しかし母はこんなことを言ったのだ。

「糖質制限の食事って不思議やで、二週間でお父さんは体重の五パーセント減、晩ご飯だけ炭水化物を抜いてるお母さんも二キロ痩《や》せたんや。調子もええし、人間本来の食事に近いって池辺《いけべ》先生の言う意味が何となく分かってきた」

「本来の食事ってどういうこと？」

有明は聞き返した。

「日本人が主食やって思い込んでたもんは、ほんまはそうやなかったんやないかなって思ったんや」

「それじゃ、お米が主食じゃないって言うの？」

また聞き直してしまった。

「そう。お米も小麦粉もな」

「そんなこと言ったら、ご飯もパンも、おうどんやパスタ類だって……。お母さん何言ってるのか分かってる？　私たちがいままで食べてきたものじゃない」

「そうや。有明ちゃんが言うてたように、お芋《いも》さんかて控えた方がええんやって。そやから炭水化物があかんってことになるの」

耳を疑った。いくら糖尿病の食事療法を始めているからといって、病気でもない母が三大栄養素のひとつ、炭水化物を否定したのだ。

「私はね、和食レストランの立ち上げに関わってるのよ。それ分かってって言ってるの？」

「ああ、そやったね。ちょうどええわ、炭水化物抜きというか糖質を制限したメニューのお店、そんなんできたらお母さん、お父さん連れて毎日でも行くわ。たまに外でご飯食べようとしても、どこもかしこも糖分だらけで、行くとこなかったんやわ」

「あのねお母さん、みんながお父さんと同じ病気じゃないのよ」

有明は瞬時に炭水化物抜きのメニューを頭に描いてはみたが、どれもお金を取れる代物ではない。

ご飯もパンもうどんもそばも、パスタも使わない食事ではすべてが酒の肴《さかな》に思える。内装デザインの黒岩《くろいわ》が、居酒屋みたいになってしまうのではないかといった言葉をふと思い出した。

いや芋類を使用しないとなれば、居酒屋メニューよりも料理の幅はさらに狭くなる。

「お父さんのようにならないための予防いうことや。チェーン店として画期的やとお母さんは思うえ」

「レストランでご飯も麺類も、芋類さえも出さないなんて、そんなのあり得ないじゃない。いまも新しいメニューのことで頭の中がいっぱいなんだから、変なこと言わないで」

声を荒らげてしまった。

「……ごめん、お母さん」

「お母さんらもやってみるまで半信半疑やったから、有明がそう言うのも無理ない。まあ、お母さんらも続けてみるさかい、また報告するわ。ええ実験台になるやろ？」

電話の後も、もやもやした気持ちが収まらなかった。

日本の土壌で育った作物が、やはり日本人の身体に合うことを分かってもらえば、地産地消《ちさんちしょう》は成功するというのが、城田《しろた》の考え方だと有明はとらえている。

日本の土壌で育ったものの代表格が米だ。だからお米の本来の味を味わってもらうことが重要になる。米を中心とした和食の良さをアピールし、欧米化した日本人の舌を元に戻すための実験場が今回企画されているレストランなのだ。

やはりどう考えても、和食メニューから炭水化物を抜くなんてあり得ない。

だいたい、お酒を飲んだ後の母の茶漬けが食べられない、と思うだけでも寂しくなる。

それだけではない。炭水化物がいけないのは、それが糖になるからだ。つまり、砂糖やみりん、日本酒もいけないことになるではないか。

有明は頭を抱えた。昆布《こんぶ》や鰹《かつお》出汁《だし》に醤油《しょうゆ》、砂糖やみりんを加えた甘辛さこそ、基本的な和食の味だ。それを真っ向から否定するのが糖質制限食だといっても過言ではない。

これは穀類をはじめ、デンプンの多く含まれる芋やカボチャを食材から除外するだけではなく、和食の味付けそのものに関わる重大事だ。

言い方を変えれば、母は和食メニューが身体によくないと言っているようなものだ。

父も長年和食の味を追求し、有明もその奥深さに魅せられていまがあるのに、それを否定されたようで徐々に腹が立ってきた。

和食の「うま味」に着目し日本人の舌を回復することが有明の目標であり、他の料理研究家と戦える武器なのだ。いまさらそれが、身体によくないなんて言われても――。

いま自分がやらなければならないのは健康志向のメニュー作りなのに、母の言葉がとげのように胸に引っかかった。

深呼吸をして、書棚から栄養学の本を数冊引っ張り出した。

炭水化物について書かれたページに目を通す。どれにも生物にとっては、エネルギー源であり、生物体の構成物質として重要なものだとあった。体内に入ると水と炭酸ガスに分解される過程で、エネルギーを生み出すが、特に脳は、炭水化物から生まれたブドウ糖だけをエネルギー源とするとも書いてある。

有明はため息をつき、本をテーブルに置いた。ソファーにもたれ、髪をかき上げる。

私はまちがってはいない。ほっとすると同時に、母が父と一緒に行っている糖質制限食がおかしいのではないか、という疑問が湧いてきた。

母に言うべきか、それともあれほどご飯や芋類を好み、日本酒をたしなむ父が音を上げるのを待つか。

そうだ、もう一週間もすれば父から助けて欲しいと電話が入るだろう。

そんな風に思うと気が楽になり、午後の会議に参加するため、出かける準備をすることにした。


オゾングループの本社ビルでの会議は三時間に及んだ。

前半の議題は食材のコストカットや調理の効率化と品質の保持の問題などで、有明にとっては耳の痛い話が続いた。現在のフードコートと同じような管理体制しか役員たちは考えていない。

ここで、より健康でかつ美味《おい》しい料理とストレスを感じさせないサービス、などという理想を口にしようものなら総攻撃に遭う。それでも譲れない味に関しては、ひとこと言わざるを得なかった。

「高級レストランにするつもりは毛頭ありません。ですが、身体にいいのだから味については辛抱するといった料理は出したくないんです。何よりオゾンの契約農場、農園で大切に育てられた食材を貶《おとし》めるような味は、オゾンのマイナスイメージにしかならないと思います。その一点だけは誰が何と言おうと譲れません」

有明が発言を終えると、方々からいろんな声が聞こえてきた。

「費用対効果を考えない素人には困ったものだ」

「味なんてそこそこでいいんだ」

「ユーザーは値段に見合う料理ならそれで喜ぶもんだろう」

「粉末調味料でも旨《うま》いと言ってるぞ」

「客に食わせるものが料理じゃなく、オゾンマーケットの利益になってしまう」

耳を覆いたくなるのをじっとこらえ、真正面を見たままで唇を噛んだ。

「損益分岐点などの計算は、店舗に関わる費用や全店舗のメニューが決まり次第ご報告いたします。本日は来春オープン予定の九店舗に関して進捗状況をお聞きいただき、ご意見を頂戴したいと思います」

ざわついた会議室に英二《えいじ》の声が響いた。

助け船を出してくれたのだろうが、有明への厳しい意見は収まらなかった。

休憩に入って廊下の長いすに座っていると英二が近づいてきた。

「気にしないでくださいね。いつものことですから。新しいことを始めるとなると誰が何を言っても、あんな感じになるんです」

と言って紙コップのコーヒーを差し出した。

「あ、すみません」

有明は紙コップを受け取り一口飲むと、

「社長は私の方針に反対なんでしょうか」

と英二に質問した。

「何も言わず黙って聞いていたのが気になりますか」

英二が逆に訊き、隣に座る。

「私、きちんと城田社長とお話をして……、すでに了解を得たんだとばかり思ってたものですから」

床に視線を落とした。

「たぶん、それが社長のやり方だと思いますよ」

あっさりと言った。

「そうなんですか」

そう言ってうなずくしかない。社員でもない人間には理解のしようもなかった。

「誤解しないでください。後でやらないといけないケンカは先にしよう、と会議のとき社長はよく言われるんです」

「ケンカなんて、私するつもりないですけど」

「いえいえ、水谷《みずたに》さんがケンカをするって言ってるんじゃないんです。どこの組織も新しいことをするときはいろいろな風が吹くもんでしょう？」

「それは分かりますけど」

「その風を内に籠《こ》もらせると、ろくなことになりません。一種のガス抜きみたいなものだと考えてください」

古い体質の人間は、外様《とざま》の有明に対する反発や抵抗を少なからず持つ。それを早い段階から噴出させて、不満として籠もらないようにするのだと、英二は言う。

「社長が水谷さんに助け船を出すのは簡単ですよ。しかしそれでは会議で出たような発言が地下に潜ってしまいます。見えないところで不満が大きくなると後々やりにくくなりますからね」

「じゃあ会議は成功ってことですか」

英二を見た。

「そういうことです。皆さん、いま気になってることをはき出せたんじゃないかな。言いたい放題だったですから」

英二が微笑んだ。

「当たり前のことですけど、社長ってやっぱり大変ですね」

「先代みたいにワンマンなら、苦労はなかったかもしれないな」

しみじみとした言い方をした。

「社長のお父さんはワンマンだったんですか」

「と聞いてます。当然ぼくも本当のところは知りませんけど、上司や先輩から聞かされました」

「急にお亡くなりになって、いまの社長にバトンタッチされたんでしたね」

「それはそうなんですが、先代と明らかにちがうのは、スーパーマーケットの経営に、農業を守ることを会社の方針に加えた点です。オゾンマーケットを生産者とお客さんを結びつける事業と位置づけたんで、必然的にワンマン体制は崩れたんだそうです」

それぞれの立場を理解するところからしか、物事が始まらなかったからだという。

「社長自ら、社内の体質を変えられたってことですね」

「それはそれで、プラス面だけではないんですが」

不況下では強いリーダーシップがないと会社の舵取りはうまくいかない、という声も上がっていると英二は漏らした。

「そこまでして農家のことを……」

　素直な疑問を口にした。

「ぼくもその辺のことを伺ったことがあるんです。昔秩父《ちちぶ》の農家であったあることが脳裏から離れないからだとはおっしゃるんですが、それ以上は何も」

「でも自分の体験から、農家、ひいては日本の農業のことまで考えておられるなら、今後もぶれない気がします。あ、すみません偉そうなこと言って」

　有明は慌てて謝った。

「いえ、ぼくも頭だけで考えている人より、実体験が伴っている方が信じられるな、と思ってますよ」

　英二と話して、少し気分が楽になった。そのお陰で後半の会議も何とか乗り切れた。

　会議の最後に、城田はこう締めくくった。

「レストラン事業は地産地消のシステムを確立するためのものです。国内での生産、流通、消費、リサイクルの基盤を構築した後、このビジネスモデルをパッケージにして私は輸出しようと考えています。安全で旨い農作物、畜産物に乳製品は、世界のどこでも支持されるはず。もうＴＰＰに怯えることはないのです。つまり今後レストラン事業について考えるとき、みなさんもそこまでを俯瞰《ふかん》していただきたい。ひとつの部門、ひとつの事業だという風にはとらえないでください。これが私からのお願いです」

城田の発言は、有明に投げかけられた非難や中傷が的外れであったことを会議参加者にそれとなく伝えたのではないか、と会議終了後に英二が静かに言った。

2

日本各地の契約農園をすべて訪問し終えた有明は、調味料の開発を進めていた。調味料といっても昆布や鰹出汁とみりんと醬油だけで作ったものだ。

それがすべての料理のベースの味を作る。ただ全国一律でなく、その土地の作物に最も相性がいい配分を模索していた。

契約農園を巡り、そこの作物の味を知ることがここで役立つ。ただそこまで微妙な味への配慮が、一般客に分かるのかという疑問もあった。

これまで一緒に行動してきた英二でさえ懐疑的なのを有明は知っている。オゾン本社の商品開発部にある厨房《ちゅうぼう》で各地から取りそろえた醬油の味を確かめていたときだ。

「水谷さんのこだわりは分かるんです。ただ……」

英二が言葉を飲んだのが分かった。

「ただ何ですか」

「すべての店舗に、水谷さんはいないんです」

「どういう意味ですか」

英二の言いたいことは何となく分かっていたが、あえて訊いた。なぜか素直になれない自分にも苛《いら》ついていた。

「レストランがオープンされれば、すべては現場に任せるしかありません。微妙な味付けを現場に負わせるのは酷です」

「適当でいいってことですか」

冷静になろうと心がけて言った。

「そうは言いませんし、そんなことをぼくが望む訳がないことも、水谷さんはご存じのはずですよ。水谷さんほど敏感な舌を持っている人間がそれほどいるとは思えません。もちろん研修は行いますが、すべての土地にマッチさせるなんてことは無意味です」

英二は関東風と関西風の二種類の味で充分ではないかと言った。

「充分だなんて、そんな乱暴です」

「そうでしょうか」

「同じほうれん草でも、西根《にしね》産と栃木産では味の浸《し》み方がちがうって八牧《やまき》さんもご存じのはずです。そうなると調理方法や時間にも気を配らないと持ち味を引き出せません」

「それを現場にさせるつもりですか」

「私のレシピです。やってもらわないと私の料理ではなくなる」

「水谷さん、それは無理です。フードコートのような簡素化された調理でさえ、料理する者によって味が変わるんです。だから味には許容できる幅を持たせて欲しいんですよ」

「幅を持たせるのは簡単です。ですが誰が作っても、そこそこの味になるということは化学調味料を使うのと同じことになると思います」

自分でも無理なことを言っているのは分かっていた。なのに言葉が口をついて出るのを止められなかった。

「畳敷きで掘り炬燵《ごたつ》、でも居酒屋にならないように。これは水谷さん自身が黒岩さんに言ったことです。ぼくも同じことを言います。調味に幅をもたせながら、できあいの味にならないようにするのが、水谷さんの仕事だと」

英二の視線は厳しかった。

「…………」

「水谷さん、我々は食材に自信を持っています。外食産業がよくやるようなソースで誤魔化さなくても美味しいはずだ。それを引き出してください」

「……ただ、お客さんの舌は過剰な化学調味料に馴らされていて」

言い訳をしようとした有明の言葉を、英二が遮《さえぎ》った。

「そんなこと初めから分かっていることです。ぼくも社長もいまのうちに本来の味を知ってもらわないと、将来の農業はない、と思ってます。だから水谷さんに頑張ってもらいたいんですよ。とは言っても、すぐに成果が出るとも思っていません。たぶん社長も」

英二は視線を窓に向け、遠くの誰かに呼びかけるように、

「一過性ではなく、粘り強く働きかけていくしかないでしょう」

と言った。

「オープン時に成果が出ないと、私、困ります」

何も考えず言葉にしてしまった。

英二は有明の方へ顔を向けた。

「ぼくね、小学校三年生のときにはじめてファーストフードのハンバーガーを食べたんです。そのとき妙な味だなって思いました。ちっとも美味しくはなかった。でも、いま忙しいとつい食べてしまうんです。美味しくもないのにね。友人に聞くと、おおかたぼくと同じようなんです。まずくないけれど美味しくもない」

英二が何を言いたいのか見えなかった。

「そんなものを私に作れと？」

「まさか。ぼくが思ったのはあのハンバーガーは家では出せない味だってことです。ぼくらの田舎ではお祝い事とかがある特別なときをハレと言って、いつもとはちがう料理を食べる習慣が残っています」

ハレは特別で、ケは日常だと英二は説明し、その風習が日本人の深いところに残っているような気がすると言った。

「ファーストフードでも、家庭で出せない味はハレと思い込んじゃうんじゃないですかね」

「特別なものと勘違いしてしまうってことですか」

「ええ、外食そのものがハレみたいな感覚、ないですか。なのにファミリーレストランは家庭料理化した。いやファミレスの調味料が売られて、同じ味が家庭でも出せるようになったんですね」

「つまり、私には家庭では出せない味の和食にしろと」

「そうです。微妙な味を出すことも大事でしょうが、こんな深みは家庭では無理だって和食を追求してほしいんですよ」

「深み……」

「ええ、ぼくは岩手出身ですが大阪に転勤したとき、味に関して関西風に近いんだなと感じました。自分の中では関西の味は薄いのではないかと思い込んでましたから、びっくりしたんです。むろん個人的な好みもありますから、一概には言えないのですがね。大きく関西風と関東風で、それぞれの特徴を生かした深い味を提供できれば、網羅できると思うんです。ただし今度のレストランには、家庭では出せない深みが不可欠です。それができると社長は思って、水谷さんに依頼したんですよ」

英二が、語尾に力を込めたような気がした。

有明はどう言えばいいのか分からなくなっていた。

城田の期待、英二の言わんとすることも分からないではない。ただ味の深みというものこそ、それぞれの土地で培われたものではないのか、という思いがあった。

それだけにすぐ承服できない。関西と関東の二通りの味を作り出すのは、有明にとって難しいことではない。けれどもそれでは何のために全国の契約農園や農場に足を運んだのか分からない。作り手の思いや愛情を肌で感じればこそ、最高の形で味わって欲しいと思ったのだ。

「納得がいかないようですね」

英二が言った。

「もう少し考えさせていただけませんか。深みについて、私はまだ分かっていないのかもしれません」

曖昧《あいまい》な言い方しかできなかった。

「それはかまいません。次の会議までには基本的な調理についての体制を報告しないといけないので、一週間程しかありませんが」

「分かりました。それまでには何としても」

基本の出汁の昆布や鰹、醤油やみりん、砂糖の比率さえ決まれば、それを使ってできるメニューがある程度見えてくる。基本メニューは店全体の約八割、残る二割に地方色を盛り込む計画だ。

「そうだ、米離れを食い止めるメニューも忘れないでください。旨いお米、どんどん食べて欲しいから」

と言いながら、英二は今後のスケジュール表を有明に渡した。

「和食のおかずは、基本的にご飯に合うようにできてます」

無理矢理に口角を上げて笑顔を作った。

その夜、マンションに戻ると久しぶりに赤ワインを飲んだ。

メニューの監修という大仕事に対して、徐々に重圧を感じてきていた。糖質制限、出汁の問題、現場に任せねばならない調味、それらが頭の中をぐるぐる巡った。

気づくと実家に電話をかけていた。

夜なのに留守電に切り替わった。父の病状を聞きたかったが、どう表現したらいいのか分からず、メッセージを残さずに切った。

ふと時計を見ると午後一〇時を指している。普段なら父は趣味の鉄道模型に興じ、母もお菓子とお茶を前にくつろいでいるはずの時間だ。

なのに二人ともいないことが気になってきた。父の具合が悪くなって病院に運ばれたのではないのか、と悪い予感が走る。気持ちが後ろ向きだとろくなことを考えない。

むしろ不安をぬぐい去ろうと何度も電話をかけたのだが、やはり留守電に切り替わった。仕方なく四度目にメッセージを入れた。

「有明です。お父さんは大丈夫なの？　心配なので連絡ください」

携帯を手の届く場所に置き、テレビをつけた。しかし、これと言って興味を引く番組もなく、ただ眺めているだけだ。

これは父が心配なのではなく、いつものことだった。一人暮らしの寂しさを、音声で紛《まぎ》らわすためだけについスイッチを入れてしまうのだ。

コーヒー豆を挽きメーカーにセットして、ソファーに座る。契約農場を回ったときにその土地で食べられている郷土料理をメモしたノートを鞄から出した。何かに集中することで悲観的になるのを止めたかった。

定番の基本料理はさておき、オープン時に各店舗を巡回する特別メニューから考えてみることにした。

そのメニューに目玉料理としてのインパクトがあれば集客が期待でき、有明を起用したことに不安を覚えている幹部たちも納得するだろう。

レストランの方向性を上手く伝えられるメニューであって、その土地の風情を感じさせる郷土料理はないだろうか。

通常のご飯としてではなく、米の味そのものを味わってもらうのなら、新潟県の「けんさ焼き」や鳥取県の「ののこめし」のようにシンプルだけれど、見た目に特徴があるものがいいかもしれない。

「けんさ焼き」は、味噌を塗った焼きおにぎりだ。新潟の正月の夜食に食べたもので、上杉謙信《うえすぎけんしん》が剣に刺してにぎりめしを焼いたところから名付けられたと聞いた。剣に見立てた竹串など充分な演出を施せる。

「ののこめし」は鳥取県の漁師の弁当で、鶏肉《けいにく》や椎茸《しいたけ》、ゴボウを混ぜた米をお揚げで包み炊飯器に入れ出汁で炊いたものだ。見た目はいなり寿司のようだが、中は鶏飯《とりめし》で鰹や昆布のうま味を味わってもらうのにはもってこいの料理だと思う。

ご飯の味を引き出すには、鯛《たい》をたれに漬けたものをただご飯に載せお茶漬けにする岡山の鯛茶も捨てがたい。

ノートをめくる手が早くなる。

料理に没頭すると父のことも忘れられた。いま、ここで気を揉んでもどうしようもないと思えた。

一一時頃、電話が鳴った。実家からだ。

「堪忍《かんにん》な、留守してて」

父の声だった。具合が悪そうな声でもない。

「どこに行ってたのよ、こんな遅くまで。お母さんも出ないし」

わざと怒ったような口調で言った。

「夜遊びちゃうで。母さんと夜のデートしてたんや」

声が笑っている。電話の向こうから母の「アホなこと言わんとき」と叱る声が聞こえた。

「それはそれは仲のよろしいこと。でも大丈夫なの、体」

「おう、心配してくれてたんやな、おおきに。体の調子はいいよ。また体重が一〇キロほど落ちて膝への負担が減ってな」

その場で膝の屈伸でもしそうな弾んだ声だ。

「また減ったの。この前、五キロ程減ったって言ってたよね」

「うん、約ひと月で一五キロのダイエットに成功したっちゅう訳や。BMIかて三一から二五・九まで減った。もう一息で肥満から脱出できるで」

BMIは、体重を身長の二乗で割って算出する肥満度を表す体格指数のことだ。標準は二〇から二五未満とされている。父の身長は一七〇センチだから標準のBMIを二二とすると体重は六三・五キロとなるが、糖質制限を始める前の体重は九〇キロ、二六キロほどオーバーしていたのだ。確かに劇的な減少だ。

「凄《すご》いやろ」

「うん、確かに凄いけど、無理してるんじゃないの」

女性誌でも、急激な減量は身体に負担をかけるとしきりに注意を促している。

「それが全然無理なんかしてない。ただ炭水化物を食べんようにしてるだけ」

「この前お母さんからも聞いたけど……。お父さん、ちゃんとお医者さんの言うとおりにしてるんだってね」

「感心なこっちゃろ？」

「うん、驚くほど」

池辺クリニックを紹介した手前、いまさら三大栄養素がどうだこうだと有明は言えない。

「あの、頭とか、何ともないわよね」

とだけ確かめた。

「頭？　ははん、分かった」

「何がよ」

「有明は、ブドウ糖が足りないのを心配してるんやな」

父は笑い飛ばした。

「笑い事じゃないってば」

これでも栄養学は勉強しているのだから、と文句を言った。

「堪忍、堪忍。ふざけてる訳やないんや。父さんと同じことを、有明も考えたんやと思たら何や可笑《おか》しかったんや。さすが父さんの娘やなと」

父は、初めて池辺医師から糖質を制限する食事療法の説明を受けたときのことを話した。

「脳の栄養は、ブドウ糖だけってテレビの砂糖の宣伝で聞いたことあるんやけど、それを制限したら、ものが考えられなくなるんとちがいますかって、開口一番に訊いたんや」

「それで、池辺先生はどうって？」

早く結論が聞きたかった。

「脳のエネルギーがブドウ糖だけというのは間違いなんやそうや」

「でも、そう書いてある本を読んだことあるけど」

「糖だけやのうて、脂質からできるケトン体ちゅうのを脳は使うらしい。いや、むしろこのケトン体の方が脳は好きらしいで」

「ケトン体は私も知ってる。だけどそのケトン体は酸性で、増え過ぎると、血も酸性になるからよくないって書いてあった覚えがあるんだけど」

聞けば聞くほど、有明の読んだり調べたりしたことから離れていくような気がする。

「そうや、そんなことも言うてはったな。けど元々人体には体内のペーハーを一定に保つための緩衝作用、ええっと、ホメオスターシスちゅう常に正常な方へ戻そうとする機能を備えてるさかい心配ないそうや」

メモを見ている様子で、父の話し方はまるで棒読みだった。

「ほんでな、極端にインスリンが分泌されず、なおかつ糖質をまったく摂らないとき、ごくごく希《まれ》にケトアシドーシスちゅうのを生じてやな、生命が危険な状態に陥ることもあるそうな。これが有明が言うた血ぃが酸性になるいうやつやろ」

「やっぱり危ないんじゃやない」

「そやからそんな風になるのは、ごくごく希って言うてるやろ。いくつもの悪条件が揃《そろ》わんとあり得へんと言うてはった。意識して糖質を制限しても、そもそも糖質がゼロになるなんてないらしいな。どんな食べ物にも多少含まれてるから。何より糖質摂らんでも、脂肪酸とかアミノ酸を糖に変える糖新生《とうしんせい》ちゅうシステムが働くそうな。心配せんでも、ちゃんと糖が必要な臓器には供給されるようにできてるっちゅうこっちゃ」

「脂肪酸とかアミノ酸が糖に変わるのか。なるほど、それでタンパク質と脂質を摂ってたら炭水化物はいらないってことなのね」

「何ちゅうたかて、炭水化物は少しばかり繊維があるいうても、そのほとんどが糖になるんやからな。お父さんら糖尿病の人間は正常な人とちごて、摂った糖質を三倍した数値が食後血糖値として反映されるらしい」

「食後っていうのは？」

「ご飯を食べ始めてから二時間後のこと」

「二時間後に三倍にも……」

お茶碗一膳のご飯に含まれる糖質は約五五グラムだ。するとご飯だけで一六五も血糖値が上昇することになる。

「父さんのご飯を食べる前の血糖値はいくらなの」

確か正常値は一一〇未満だ。

「いまは一五〇くらいやな」

「えっ、ご飯一膳で三一五になっちゃうよ」

頓狂な声を出してしまった。

「えらいこっちゃろ？」

「また他人ごとみたいに」

「すまん、すまん。そやかて一八〇を超えると血管内部に傷ができるらしいし、二二〇を超えたらすぐその傷が増え出すと先生が言うてはったさかい。そんな状態が続いてたんやと考えたら、ぞっとする。そんな危ないもん、いくら旨いからって、よう口にせん」

「そんな、いままでさんざん食べてきたのに。それにお父さんはご飯がすすむおかずを作って売ってるのよ」

「それについては、いま大いに悩んでる。とくに和食は芋類とかカボチャ、蓮根《れんこん》なんかのデンプンをぎょうさん含んだもんが多いし、砂糖、みりんで甘辛く仕上げる味がほとんどやからな。知らぬこととはいえ」

後悔してるのだと父は言った。

「後悔だなんて……」

その和食のメニューのことで悩んでいる有明は言葉を失った。

「だけど、和食って日本人だったら当たり前の食事じゃない。むしろ洋食の方が脂質を多く食べるから身体に悪いって言って、外国では和食ブームなのよ」

「大いなる勘違いや」

父はひるまなかった。

「父さんはな、有明。これを機に新しい商品開発に乗り出そうと思てるんや」

「新しい商品って、まさか」

「そうや、糖質制限の冷凍食品や」

「和食で？」

父は和食の商品開発を行う部署にいるのだ。

「いや、こだわらへん。言うなれば和風創作料理かな」

「和風創作、か。……そうだ、いざとなれば脳はケトン体を使うから大丈夫だと言ったけど、身体の方、つまり筋肉とかはどうなの。通常は炭水化物をブドウ糖に変えてそれで動いてるはずよ。お父さんみたいに病気になったら仕方ないかもしれないけど、そうでない健康な人には炭水化物が必要だと思うわ」

母と同じように、レストランのメニューにまで口出しされてはかなわない。

「そこやがな、そもそもの間違いは。まあ電話では長くなるさかい、またゆっくり有明にも教えたる。とにかく父さんの身体のことは心配いらん。調子はいいし、血糖値は下がってきてるし、何より中性脂肪が三分の一以下になった」

「朝からステーキとか食べてるのに？」

「とんかつかて、美味しく頂いてますよ」

「そんな食事をしていて、中性脂肪が減ったっていうの」

「そうや。コレステロール値も減ったで。そやのに善玉コレステロールは増えた」

「そんなの変よ。にわかには信じられない」

嘘をつく父ではないが、冗談を言っている可能性はある。

「事実ですよ」

「私をかついでるんじゃないでしょうね」

「娘をかついでどうする。そもそもの人間のエネルギー源ちゅうのは、炭水化物やのうて脂肪で、糖は必要やけど緊急時に使うもんなんやそうや。理屈はともかく、患者・予備軍あわせて二二〇〇万人を超えると言われてる糖尿病なんや、みんな気をつけんとな」

「みんなって、和食を普通に食べていれば、糖尿病になんかならないわよ」

「まあ、父さんは食べ過ぎやったんやな。けど、有明、知らん内に糖分を取り過ぎてることもあるんとちゃうか」

「食べてる当人が気づかないうちにってこと？」

「甘くないと思ってるドレッシングなんかにも、大抵ブドウ糖とか麦芽糖が入ってる。成分表みたら炭水化物もしくは糖質の量が分かるわ」

「そうかな」

といいながら有明はキッチンに立ち冷蔵庫からノンオイルすだちドレッシングを取り出し、裏の成分表を見た。

職業柄材料には気を遣ってきた。化学調味料や保存料、着色料などを確かめていたが糖質はそれほど気にしていなかった。

原材料が醬油、穀物酢、根昆布、すだち果汁、みりん、ガーリック、三温糖、鰹《かつお》節《ぶし》、酵母エキスとあって三温糖の記述順序は後ろの方だ。

だいたい使用分量が多い順に記載されているから、さほど糖分はないと思っていたが、成分表を見て驚いた。糖質と繊維を足したものが炭水化物で、その量が一〇〇グラムあたり二九グラムだったのだ。

「本当だ」

思わず声が出た。

「ちゃんと確かめてるんやな。感心、感心。ウスターソースかて一〇〇グラム中二六グラム、ケチャップも二五グラムほど入ってる。まあソースもケチャップも甘みがあるさかい何となく分かるけど、濃い口醬油にも一〇グラムも糖が含まれてるいうたらびっくりするやろ。もちろん味噌にも米酢にも糖分はあるんや」

知らないうちに糖分を摂っていて、その上にご飯や芋類、果実を食べれば人間が糖漬けになるのも不思議ではないだろう、と父が付け加えた。

「これは甘みを、うま味だと取り違えてるのかも」

糖質が含まれると保存が利くことも添加の理由だろうが、何よりも美味しいと感じさせる力が甘みにはある。

「だからどんどん食べる。すると舌が麻痺してしまうんやろな。父さんだって味見をする大事な舌が糖によって繊細さを奪われてたと思うと寒気する。とにかく血糖値を上げるのは糖質だけなんや」

「本当に、炭水化物を避けてタンパク質と脂質中心の食事をしてて他に異状が出てないの、たとえば、そうだ脂肪肝とか」

「肝臓の数値か？　ちょっと待てよ。言うぞ、GOT一二〇、GPT一八〇、γ《ガンマ》GTPが九〇やったのが、全部五〇以下になって、脂肪肝は見事改善されてる。内臓脂肪をどんどん燃やしてエネルギーにしてる証拠や」

「お酒が飲みたいからそんなこと言ってるんじゃないの」

「データ見ながら言うてるんや。初めに有明が聞いてきた通り、蒸留酒やったら飲めるさかいな」

父の声から、笑うのをこらえているのが分かる。

「やっぱり」

「ちがう、ちがう。好きやった日本酒はやめた。けど、焼酎は血糖値を上げへんから、この頃はもっぱら焼酎や。いろんな産地、蔵元《くらもと》のを飲み比べて楽しんでる」

「なんだか心配になってきた。血糖値を上げないって言っても飲み過ぎは身体によくないからね」

「まあな。その辺は池辺先生と相談してるさかい心配しな。肉かて魚かて食べ放題ちゅうことやないからな。細かい計算はいらんけど一日に摂ってもいいカロリー内には収めんとな。まあ、おかずばっかり食べてる感じやから逆にそれほどカロリー摂れへんけど」

「満足感はあるの」

食事は人間にとって最大のストレス解消法だといってもいい。だからある程度の満足感が得られないと、反対にストレスをためてしまう。第一それでは食事療法として長く続けられないではないか。

「結構お腹はふくれるしおおむね満足してるよ。けどまあ、無性にご飯が恋しいときはあるなあ。そこは仕方あらへん、これ以上病気を悪化させたくないから……。それでどうやメニューの方は？」

急に真面目な声で訊いてきた。

「あっ、うん。だいたい構想はできつつあるわ」

糖質制限とは正反対の、お米離れを食い止めるメニューを作っているとは言えなかった。

「そうか。それならええんやけど。まあ冷凍食品とはいえお父さんも味を追求してきた人間や、何でも相談に乗るからな」

「ありがとう。おとなしくお医者さんの言うことを聞いてるのか気になってたけど、案外患者として優等生のようだから安心した。夜遅いのに留守だったから心配したけどね」

「そら、すまんな」

「デートだったなんて、心配して損しちゃった。じゃあまた」

「母さんに替わらんでもええんか」

「いえ、替わって」

「お父さん頑張ってはるで。調子もええようやし、有明が池辺クリニックを紹介してくれたお陰や。ほんまおおきにな」

電話に出た母の声は、いつもより明るかった。

「そう、それならよかった」

その後、母とはたわいのない話をして、電話を切った。

頭から「後悔してる」という父の言葉が離れず、その夜はなかなか寝付けなかった。

冷凍食品ながら美味しい和食を提供することに誇りを持っていた父の言葉だけに重い。

父は、本気で糖質制限の冷凍食品を開発するつもりだ。つまりそれほど池辺の考え方に傾倒し始めていることになる。

父は頑固なところもあるが、直感力には優れた人だ。冷凍食品でも有名料亭の味に匹敵する商品ができると感じたとき、形振《なりふ》り構わず社長に直訴した。

父の直感は、糖質制限食に何かを感じているということか。

3

英二は、城田と秘書に伴い北九州市の小倉《こくら》駅からほど近い場所にいた。ある和食レストランが居抜きで売り出されていたからだ。そこから五〇〇メートルほどの場所にオゾンマーケットがあり、食材流通の便もいい。

月例会を利用して物件を見ることになったのだが、城田も急に見たいと言い出した。まさか社長が直に下見をするなど考えていなかっただけに、英二の顔は強ばり通しだった。

店舗周辺に駐車場がなかったので、三人はオゾンマーケットから歩くことになった。

途中で広報部から社長の物件調査の姿も記録しておきたい、と秘書に連絡が入り、結局のところ総勢七名での店舗見学となった。これがよくなかった。

大柄でがっしりタイプの城田は普通でも目立つのに、その周りを六名の人間が取り巻いていた。カメラマンが前に行ったり、横についたりすれば有名人が一緒に歩いていると誰もが思う。人が寄ってきて、そのうち周りが妙にざわつき始めた。

「オゾンの人間だ」

と、どこかで声が上がった。

その言い方に歓迎されている雰囲気はない。

「社長、一旦事務所に戻りますか」

秘書の女性が城田に言ったのが聞こえた。

「うん、そうだな。少し目立ちすぎるか」

城田も小声で答えた。

「八牧さん、いいですか」

秘書が英二に顔を向けた。

「かまいませんが……何かまずいことがあったんですか」

小声で秘書に尋ねた。

「ここのオゾンマーケット建設のときに、商店街の方とちょっと揉めごとがありました」

秘書は顔をしかめながら答えた。

「社長、すみません」

秘書の向こう側にいる城田へ謝った。

「大したことはないんだけどね。みんな必死だから」

城田が前を向いたまま言った。

「社長は何度も話し合いを持とうとされました。なのに」

秘書が眉をひそめた。

そのとき、前方から三人の男たちが近寄ってくるのが見えた。男たちは駆け足で城田たちの前に立ちはだかった。

「社長さんかい」

額が広く髪をオールバックにした四〇代半ばくらいの大男が前に立った。

「オゾングループの城田ですが、何か用ですか」

城田が半歩前に出た。

「ちょっと顔を貸してもらいたいんやけど」

と男が言うと、背後にいる男が英二の顔を覗《のぞ》き込み、もう一人が秘書に近づく。一人は丸刈りにもみあげの厳《いか》つい顔でたぶん三〇代、秘書の前にいる男は長い茶髪で相当若いだろう。三人とも崩れた感じだ。

「社長にお話があるのでしたら、事前にアポイントメントをとってください」

秘書がひるまず甲高い声を出した。

「こっちも忙しい身なんや。そんなに時間はとらせやせん」

男はズボンのポケットに手を入れたままだ。

「そんなこと困ります」

さらに高い声で秘書が言った。

「あなた方はいったい何なんですか」

今度は英二が、社長とオールバックの男との間に割って入ろうとしたが、目の前の丸刈りの男がそれを太い腕で阻止した。

「俺たちは社長さんに用がある。雑魚《ざこ》には関係ない」

丸刈りが睨《にら》んだ。

「警察を呼ぶぞ」

カメラマンが、手にした携帯を三人にちらつかせながら叫んだ。

「警察？　俺たちは社長に話があると言っているだけや。まあ呼びたいのやったら呼んでもよかよ。商売の話やいうのにそんな大事《おおごと》にしたら、恥ばかくのはお宅らの社長さんやけどな」

オールバックがにやついた。

「よし分かった。話をしましょう。ただここは往来だ、邪魔になります。すぐそこまで一緒にきてください」

城田はいつもと変わらぬ柔らかな低音で言った。

「さすが、話が早い」

「私に付いてきてください」

城田が歩き出すと、これまでの六人と三人の男もそれに続いた。

男たちは商店街の関係者だろうか。いや、商売人という感じではない。物腰や睨んだときの威圧するような目の光は普通じゃなかった。少しオーバーだが、いまにもポケットからナイフを出してきそうな不気味ささえ感じさせる。あれは何度も修羅場《しゅらば》を経験している人間の目といった感じだ。とても素人とは思えない。

彼らは商店街の人間に頼まれて、城田を脅そうとしているのだろうか。それとも元々商店街からみかじめ料をせしめていた連中なのだろうか。いずれにしても厄介なやからであることは間違いない。

オゾンマーケットが出店して、近隣の商店街の客が激減したというケースはどの土地にでも起こっていた現象だ。しかし城田は商店街の言い分にも耳を傾けてきた。けっして無視したりごり押しして開店したことはない。

パン屋や惣菜屋、魚屋、精肉店、豆腐屋などの場合は、積極的にタイアップ商品を売ることで利益配分を行ってきた。小売店やサービス業は雇用するなどの便宜を図り、きちんと話をつけてきたはずだ。

このO商店街だけの特殊事情でもあったのだろうか。

オールバックが手で汗を拭《ぬぐ》うためにポケットから左手を出した。一瞬だが英二は見逃さなかった。明らかに小指が欠損していたのだ。

照りつける太陽を仰ぎ、英二はハンカチで額の汗を拭った。

彼らが危険な人間であることは間違いない。けれど、これだけの人間が付いているのだから無謀な真似はしないだろう。昔あったと聞くグリコ森永事件のように城田が連れ去られることもあるまい。

そうだ、それほど日本の治安は乱れてはいない。英二は必死でそう思おうとしていた。

居抜きの店舗に着くと、英二は不動産部から預かっていた鍵で玄関のドアを開けた。先に中へ入ると照明とエアコンのスイッチを入れる。

埃《ほこり》っぽくむっとしていた空気が、徐々に冷やされていくのが分かる。閉店して半月も経っておらず、電気やガス、水道もそのままにしておいてもらって正解だった。

「ここに店でも出すのか」

オールバックは適当な席に座りながら訊いた。

城田は、秘書や英二、広報の人間たちを少し離れたテーブルに着かせ、自分は男の前に座った。

「まだ名前を聞いていませんが」

城田がテーブルの上に両手を載せた。指の第一関節が胼胝《たこ》のように盛り上がっている。柔道をやっていた人の指に似ていると思った。

「俺は、柳多《やなぎだ》ちゅうもんや。こいつらはええやろ」

柳多は、ない小指を城田に見えるようにテーブルに両手を置いた。

一種の威圧だろう。他の二人は立ったままで睨みをきかせている。

「それで柳多さん、私に何の用ですか」

城田は柳多の指に視線を向けたが動じる気配はない。

英二が知っている普段通りの城田の態度だった。

「ほう、さすが城田の御曹司《おんぞうし》、肝が据わってるな」

柳多は少し間を置いた。

「ざっくばらんに言う。俺たちは反社会的な組織の構成員やない。香具師《やし》だ」

柳多は組織から足を洗うために指を失ったと言った。

「暴力団追放で、俺たち香具師まであおりを受けてる。だから理解のある商店街と組んで細々と商売してるんや」

「なるほど、その商店街が、今度は我々の出店のあおりを受けている、ということですね」

「見ても分かるやろう、どんどん寂《さび》れていくんが」

英二は少し前に新聞で見たシャッター通りを頭に浮かべた。O商店街はそこまで酷いようには見えなかったが、所々が空き家になっているのは知っている。

「香具師も日本の文化、そうは思わないか、城田さんよ」

「文化でしょうね。中世に神社で立った市《いち》に通じるものがある」

城田が断定的な言い方をした。

「えらそうに。ご託《たく》を並べよって」

「ご託ではありません。市というものは神聖なものだったと言っているんです」

「神聖？」

「そうです。それぞれが作りだしたものを持ち寄る。一旦神や仏に捧げて、誰のものでもないものとしてから売り買いする。そんな場所が市庭《いちば》と呼ばれるものだったと、私は信じているんです。あなた方の仕事、香具師もそんな市庭と無関係ではないと申し上げたまで。根っこは同じなんだと」

「あんた、本当にそう思ってるのか」

柳多は、城田の顔を覗き込むように首を前に突き出した。

「私も、ものを売って利益を上げている人間だ。そんな市の本質を分かっているつもりです。香具師の方々が担ってきた役割もね」

「嘘じゃないだろうな」

「ただ、それと商売は別です」

「やっぱり、そういうことか。調子のいいこと言いやがって」

柳多が城田を睨むと、立っていた二人の男が身を乗り出した。

「話は分かったから、連絡先を教えてくれ」

城田の言葉使いが変わった。

「なんだと」

「あんたらが本当に反社会的組織と関係がないと分かったら、改めて商売の話をする」

「そんなこと信用できるか」

「信用できないのはお互い様だ。だから手続きを踏む。調べられるのが嫌なら、交渉決裂だ。では失礼する」

城田は席を立った。

「待て」

「何だ」

「これを」

柳多は名刺を差し出した。

「信用してくれたようだな。ひとまず感謝する」

城田は、右手で柳多の左手を包んだ。そして、

「悪いようにはしない」

と静かな口調で言った。

柳多はまったく動かなかった。彼の背後の男たちも突っ立ったままじっとしていた。

そんな男たちに城田が告げた。

「我々はこの店舗を下見しにきたんだ。今日はひとまず引き取ってほしい」

明くる朝、城田から宿泊しているホテルの朝食の誘いを受けた。昨日はあの後すぐ、城田は地元銀行の支店長との会食に出席するため英二と別れた。レストラン企画の進捗状況を訊きたいということだった。

「昨日は申し訳ありませんでした」

テーブルに着く前に深く頭を下げた。あたふたして、きちんと謝罪できなかったことが昨夜から引っかかっていた。

「そんなことはいいですよ。彼らも偶然我々を見つけて、溜まった鬱憤《うっぷん》を晴らしたかっただけでしょうから」

と城田は微笑みながら、席に座るように促した。

「しかし、社長に名刺を受け取らせてしまいました」

悪いようにはしない、とまで彼らに言ったのだ。

「偶然にしても、彼らが主張した香具師の状況に嘘はないと思います。私は、実際に香具師に興味を持ちました」

「香具師が文化で、中世に神社で立った市に通じるものがあるとおっしゃったのには、正直びっくりしました」

城田が、その場しのぎで柳多に話を合わせたとは思えなかった。

「あれは普段からそう思っているから、思わず出てしまったんですよ」

「どういう意味なんでしょうか」

と質問したとき、サラダとスープ、ベーコンエッグなど朝食が運ばれ話は中断した。

テーブルの上の皿を見て、少し驚いた。勝手に和食だろうと踏んでいたからだ。

「食べながら話しましょう」

城田はスープを口に運んだ。

「あ、はい」

「どうしました？　ブレックファーストだからびっくりしましたか」

「てっきりご飯と味噌汁だと思ってましたんで」

「実はここの卵と乳製品はうちのものです。それにそのパン」

城田がバスケットに盛られたフランスパンに目を遣る。

「フランスパン、ですね」

英二もバスケットを見た。

「米粉《こめこ》で作ってるんですよ」

「えっ、米粉でフランスパンが焼けるんですか」

「ええ。日本人好みのパンに仕上がってます。また食パンは一〇〇パーセントの玄米パンなんですよ」

城田がバスケットを取り上げ英二の前に差し出した。

「ありがとうございます」

フランスパン一つと、六枚切りの褐色の食パンを自分の皿へとる。

「食べてみてください」

「はい、いただきます」

英二はフランスパンをちぎって口に入れた。

「いかがです？」

「もっちり感がありますね。噛んでると甘みが広がります。後味は餅を食べたときに似てるかもしれません」

英二の故郷で、餅はハレの食べ物だ。パンを食べてその味を感じられたのがうれしかった。

「パン好きにも米の味を味わってほしいですね。こういうやり方もありでしょう」

「なるほど、それでだったんですか」

城田の行動には、いつも何かしらの意味があるのだと分かった。

「話の続きですが」

「すみません話の腰を折ってしまって。香具師が、中世の市に通じるってどういうことですか」

改めて質問した。

「実際のところは分かりませんが、そもそも市、市場は神聖な場所で立ったと父から聞かされていました。昨日彼らにもちょっと言いましたが、みんながそれぞれ自分で作ったもの、そうですね、たとえば干し柿でもいい、それを別の誰かの塩と交換したいと思ったとします」

「物々交換が市場の原点ということですね」

「物々交換をする場所が、神聖な場所だったんです。神社やお寺、深い森の中、あるいは後に神聖化される巨石がある場所」

「確かに、ぼくの故郷でも近くの神社に昔は市が立っていたという話を聞いています」

英二もスープを飲む。オニオンスープで、タマネギの甘みが効いていた。

「そうでしょう。それで、そこには物々交換だけではなく芸能を納める人たちも集まってきた」

　と城田は言った。

「それで香具師……」

「香具師と呼ばれるようになったのは、たぶん江戸時代くらいでしょうけれど、源流は、神の下《もと》ではすべての人が平等だという市と同じ発想から生まれたような気がします」

「神の前では、人間の生まれも育ちも関係ないという考えですか」

「当然、海の民も山の民もない。だからこそ自由に、ものが交換できた」

　そんな市の精神を大事にしたいと城田は真顔で言った。

「それこそ農家が育んだものも、職人が作ったものもみなオゾンマーケットという場所では等しく神聖なものです。彼ら香具師も、ね」

「しかし……彼らと仕事をされるつもりですか」

　風体で判断するのはよくないのだろうが、柳多たちを客前に出す気にはなれなかった。できればもう会いたくない。

「それは秘書の調査報告を聞いてからです」

　柳多たちが反社会的組織と無関係であれば、城田は彼らと仕事をするかもしれない、と感じた。

「気が進まないようですね」

城田がフォークではなく、箸《はし》でサラダのレタスを食べながら訊いた。

「いえ、そんなことはないです。社長の眼鏡に適う人物であれば……」

いつまで経っても口は上手くならない。

「八牧くんは、縁日は好きですか」

「好きです。独特の雰囲気があって、なぜかわくわくします」

と答えた瞬間、リンゴ飴や綿菓子の甘い香りを思い出した。

「こう言っては何ですが、いかがわしい匂いがしたでしょう？」

「一等当たりくじの出ない当て物屋もありました」

高いおもちゃが店頭に積まれていて、それを当てようと一回五〇円のくじを引く。当たることは当たるが、それは店頭にあるそれとは比べものにならないような安物のおもちゃだ。やがて子供たちの間でも一等くじなど存在しないのだと噂されるようになる。

するとニ等が当たったという見知らぬ子供が急に現れた。再び子供たちは、その店の前に五〇円玉を握りしめて並ぶのだ。

「その見知らぬ子が出店《でみせ》の親父の運転する車に乗っていたのを見た者がいます」

「さくら、だったんですね」

城田が白い歯を見せた。

「それでも当て物屋を見ると、並んでしまうんです」

一等賞のおもちゃは、小遣いを貯めれば買えるくらいのものだった。半分は騙《だま》されると分かっていながら、五〇円を使わせる不思議な魅力があったのだ。

「それを詐欺だって怒る者はいなかった。そうでしょう」

「それはなかったです。縁日の雰囲気を楽しむためにお金を使ったんですね。どこかで五〇円は諦めてしまってるんだと思います」

「不誠実なのは困るけれど、そういう雰囲気に酔わせるのも買い物の魅力の一つだと私は思っています。昨日彼らを見て、彼らなりの接客というものを学びたいと、ふと思いました。ノウハウが必ずあるはずですからね。催事の企画には本物の縁日も面白い」

やっと城田の考えが見えてきた。オゾンマーケットの催事に、縁日の出店を模した売り場を作ることがある。

フロアの企画を運営している人たちは、自分たちが思い描く夜店の雰囲気を出そうと真剣に取り組んでいたのに、何かが足りないと思っていた。フードコートからもたこ焼きやお好み焼き、焼きそば、そして綿菓子の店として参画したが、英二自身わくわく感を覚えなかった。

「足りないのは、いかがわしさだったんですかね」

口をついて出た。

「いかがわしさ……。そう、妙な言い方になりますが、ただいかがわしいというのではなく、計算されたいかがわしさが、うちの売り場には足りなかったのかもしれません」

「それがわくわく感につながるのでしょうか」

「分かりません。だから研究したいんですよ。彼らをお客様の前に出せるかどうかは別にして、学ぶべきものはあると思います。それはそうと水谷さんの方はどうですか」

「順調ですと、言いたいのですが、彼女、妙なことを言い出したんです」

「進捗状況の報告には問題点などは書かれていないのに、八牧くんの顔にどうも疲れが出ていると思ってましたが、原因は彼女でしたか」

その城田の言葉で、彼が朝食に誘ってくれたのは、英二の顔に覇気がなかったからだと分かった。

「基本メニューの味付けも、特別メニューの候補も上がってきて、準備そのものはだいぶ進んでいたんです」

英二は有明が、特別メニューとして提案してきた「けんさ焼き」や「ののこめし」が米本来の味を引き立て、とても美味しかったことを話した。

「素朴ですが、見た目も味もこれまでの和食レストランにはないものだと感心したんです」

「若い人にも人気が出そうな料理ですね。パン食に取って代わられた日本の食卓に、ご飯を取り戻すに相応《ふさわ》しいメニューじゃないですか」

「ぼくもそう思って喜んでいたんです。そうしたら、この間……」

言いづらくて、言葉を飲んでしまった。

「遠慮なく言ってください」

「極力、炭水化物を出さないようにしてもいいか、と言ってきたんです」

「いま流行のダイエットですか」

城田は眉を寄せた。

「もっと根が深いようなんです。水谷さんのお父さんが体調を崩されていて、現在病院に通院されてるんですが」

　糖尿病だと診断され、薬に頼らない食事療法を始めたことを城田に伝えた。

「それは大変ですね」

「問題はその療法でして」

「なるほど、糖質制限食ですか」

「ご存じなんですか」

「それほど詳しくはありませんが、炭水化物、いわゆる糖質を制限する療法です。いろんな本がいま書店で平積み状態になっていますよ」

「そうなんですか」

　最近は書店などに立ち寄る暇もなかった。

「私も立ち読みした程度ですが、元々は糖尿病の患者さんの食後の血糖値を急激に上げないために考案されたものだそうです。けれど短期間で痩せられるということでダイエット法としても若い女性に人気があります。それは分かりますが、水谷さんのお父さんが始めた糖質制限の食事を、なぜレストランのメニューに取り入れる必要があると？」

「お父さんに話を聞いて感化されたみたいです」

「健康志向というのを勘違いしたのではないですか」

「そのようです。いまの日本人は糖分過多で、それが糖尿病患者とその予備軍二二〇〇万人にしてしまったんだと言っていました」

「では、糖尿病患者とその予備軍のために、レストランのメニューから炭水化物を極力排除したいと言うんですか」

「そうです」

ため息をつきうつむいた。

「無茶ですね。お米は欠かせないんです。日本人が本当に旨い米の味を知れば、関税を撤廃して安い米が国外から入ってこようと脅かされない。私は国内需要を高めることで、日本の農業に世界の舞台での競争力をつけてほしいんです」

「分かっております。それに炭水化物を否定することは、米だけでなく芋類を使わないということですから」

「困る、それでは当初の目的から完全に離れてしまいます」

目つきが鋭くなり、

「責任を持って説得してください。でないと水谷さんには降りてもらうしかなくなります」

と強い口調で言い放った。

「分かりました。説得します」

有明には降りてほしくない。

「お願いします。この先、日本の農業はＴＰＰの議論からは逃げられません。しかし私は日本農業の本当の力を発揮させればなんとかなると思っています。いや、改革によってさらに強くなるかもしれないとさえ考えている」

城田は自分の農業への考えをさらりと語った。

何度か聞いた話もあったが、初耳の事柄が三点ほどあった。ひとつは日本の得意分野である品種改良によるパテントビジネス、もう一つは外国でとれる作物の国内栽培、さらに農地というインフラ技術の輸出だ。

「これらすべて日本人の向上心で生み出してきた匠《たくみ》の技です。それらを思う存分発揮させるには利益を生むシステム化と、それを担う人材の育成が必要になる。この和食レストランはその布石です。失敗できないんです。分かってもらえますね」

「はい。肝に銘じます」

城田の目をしっかりと見て言った。

父がいままでの誇りを捨ててまで実行しようとしている糖質制限の和食を、有明も考えるようになっていた。

4

何度打ち消しても、父の後悔の言葉が頭から離れなくなったのだ。

そして有明なりに日本の食が抱えている問題点を真剣に考えてみようと思った。ただ、それには、なぜ糖尿病は起こるのかについて基本的なメカニズムを知る必要がある。

医師でもない有明としては、医療という観点からではなく食事というものを中心に考えることにした。つまり食べ物を主役としたアプローチだ。

たとえば、いま炭水化物を口にしたとする。その中のデンプンが消化酵素などの働きでグルコース（ブドウ糖）となって吸収され、血液の中の糖の値が上がる。

血糖値が上がると膵臓《すいぞう》のβ《ベータ》細胞からインスリンが分泌され、細胞に取り込まれる。するとグルコースはエネルギーとして消費されるか、余った分は脂肪として貯められるかして血糖値が下がる。

正常な人は食事などを摂って血糖値が上がっても、一定の範囲内に収まるようになっているという訳だ。

一定の範囲を超えて慢性的に高いままになる状態が糖尿病だ。そして何らかの原因で膵臓からのインスリンの分泌能力が著しく低下したものを第一型、父のように生活習慣が原因でインスリンの効きが悪いものを第二型糖尿病と大別されている。

第二型の人は膵臓のβ細胞がいくらインスリンを分泌しても、細胞が取り込んでくれないから、さらに頑張ってインスリンを出そうとする。そのうち膵臓自体が疲弊して分泌能力が落ちてしまう。この悪循環で高血糖状態はますます続くことになるのだ。

血糖値を上げるのはグルコース、糖質だけだ。炭水化物を口にしなければそもそも血糖値は上昇しないし、食事によるインスリンの分泌も少なくて済む。高血糖状態にも高インスリン状態にも陥ることはない、という糖質制限の考え方はやはり理に適っていると思えた。

父の始めた糖質制限療法が発端ではあったが、感化された訳ではない。

初めは否定から入り、自分なりにいくつかの書籍を読んで考え、肯定するようになったからだ。

糖質の代わりにタンパク質や脂質を摂ることについては、当然賛否がある。有明が取材した糖尿病専門医師も、糖質を制限することに伴うバランスを欠く食事への危険性を口にした。

アメリカのハーバード大学などが、スウェーデンの女性四万三三九六人を対象に食生活と病気の発症との関係を一六年間にわたって調べた。糖質を減らしてタンパク質中心の食事を摂る人ほど、心筋梗塞や脳卒中を発症する危険性が高くなるという結果を発表したと新聞が報じた。

けれどこの論文には曖昧な点が多い。一六年もの長きにわたって追跡調査したといいながら、初回に栄養分析したきりで、後の一五年以上その食事を続けたと仮定している。

一回の申告を全面的に信用できるものなのだろうか。乱暴なのはそれだけではなく、食べたものがどんな栄養素だったのかを問う質問はあるものの、それぞれの栄養素の量が明確化されていない点や、心筋梗塞や脳卒中の危険因子、たとえば塩分やトランス脂肪酸の摂取量、肥満度など個々の身体的データ、遺伝的な要素などの調整ができていたのかどうか、多々不明瞭なことだ。

逆に二〇〇七年まで一三〇グラム以下の糖質制限は推奨しないという立場を取って

いた米国糖尿病学会は「減量が望まれる糖尿病患者には低カロリー食、もしくは低炭水化物食によるダイエットが推奨される」と一年の期限付きながらその有効性を認め、さらにその後有効期限を二年に延ばした。

これも論文として保証できるのは二年だという意味で、三年、五年、それ以上はいいともダメだともいっている訳ではない。訴訟の国らしく何か問題が起こったときの予防線という気がする。

論文などで担保されるという面においては、現在大手を振って推奨されているカロリー計算に基づくバランスのとれた糖尿病食も、長期にわたる有効性や安全性を明確化したものはない。

つまり賛否両者ともに長期間の有効性、安全性を裏打ちするデータはないと言ってもいい。

ただ問題なのは、糖尿病患者とその予備軍が増え続けていることと、多くの糖尿病患者が長年治療しているにもかかわらず合併症を起こすことがあるという事実だ。

頭を切り換える必要がある。みんなが当たり前だと思い込んでいるものを見直さなければ現状の打開は難しい。

主食そのものを見直す、そこに行き着くのは自然な流れであるように思えてきた。

父は池辺医師から聴いた話をメモして、それをどんどんメールで送ってくれていた。糖質制限食の基本的な考え方はこうだ。

そもそも人類は何を食べてきたかを考えることが、すべての発端になる。

仮に「狩猟採集時代」「農耕時代」「精製炭水化物時代」と分ける。

人類が誕生したのは約四〇〇万年前とされている。当然、狩猟中心で主に動物の肉や骨髄、魚貝類に昆虫、キノコ、海藻類などを食べていた。

糖質をほとんど摂らない食事でも、大自然を走り回り子孫を増やした。むしろ現代人よりも気力も体力もあったようだ。そして知力も備わっていき、武器を生み出し火を使い、壁画も描くように進化していったのだ。

農耕が始まったのは約一万二〇〇〇年前。世界に定着したのは四〇〇〇年ほど前とされている。天候不順か、人類の乱獲が原因なのか動物が減り、苦肉の策として肥沃な土地に種を蒔《ま》いたのが始まりだと言う専門家もいる。

水を与えれば光合成によって生み出される大地の恵みは、狩猟採集時代に終止符を打たせた。穀物を育て蓄えることによって、人類は飢餓から解放される。

すると食というものに生存本能以外の要素が加味されていく。

それは精製という形で現れる。

一八世紀に欧米で小麦の精製技術が生み出され、玄米食だった日本でも江戸時代には白米がたべられるようになる。より美味しく、効率よく満足感を得るためだ。精製炭水化物は、炭水化物から繊維分が取り除かれており、消化器官で素早くブドウ糖となる。血糖値もいっそう上がりやすくなったのだ。その後は農業の機械化、品種改良に拍車がかかり、大量の穀類を求めるようになった。

有明が農園巡りで感じたのは、同じ作物でもどんどん糖度が高くなってきているということだった。

農家の人は少しでも甘くなるように品種を改良し、そうなる環境作りに励んでいる。それは市場が求めるからだ。つまり一昔前より、すべての農作物が甘くなってきている。

京都の老舗和菓子屋が夏みかんを寒天で固めた夏菓子を売っているが、材料の夏みかんは店専用の農家で栽培されている。それは、いま穫れる夏みかんが甘すぎて、守り続けた伝統の味にならないからだと聞いた。ここ数十年でも、人々の求める甘みがより強いものに変化している証拠だ。

これでは機械化される以前の農作業か、オリンピックに出るアスリートほどの運動をしないと、糖の取り過ぎになってしまう。これからの日本人が、そこまで運動量を増やせるとも思えない。

ましてや農業に従事しないほとんどの人間は、屋内外にかかわらず徒歩以外の移動手段を使い、重い物を持つことすら嫌って筋肉を甘やかしている状態で、白米、精製小麦を当たり前のように食べることは高血糖に拍車をかけることになるのかもしれない。

過剰に摂取した糖によって、大量に分泌するインスリン——。

そこで登場するのが、主食をタンパク質と脂質に戻す原点回帰の発想、糖質制限食ということになる。

そもそも糖質制限食は日本で生まれたものではない。二〇〇〇年を過ぎた頃から、欧米で人気を博したダイエット法だ。主なものに二種類がある。

一つは循環器系開業医であるロバート・アトキンスが考案したダイエット、もう一つは糖尿病医師リチャード・バーンスタインが提唱したダイエットだ。両者とも糖質を制限することによりダイエット効果はもちろん、糖尿病の血糖値改善にも一役買う。同じ糖質制限なのだが、大きく異なる点は摂取する糖質の量とケトン体の問題だろう。

糖質の量については、アトキンスは一食当たり七グラムから二〇グラムに設定し、一方バーンスタインは一日一三〇グラム、つまり一食当たり四三グラムほどとした。

ケトン体は一日の糖質を五〇グラム以下にすると増加するらしい。バーンスタインダイエットではほとんどケトン体が生じないのに対して、アトキンスダイエットの別名がケトン産生食と呼ばれているのもうなずける。

父の主治医である池辺医師は、ＨｂＡ１ｃ《ヘモグロビンエーワンシー》が六パーセントを切るまでは、日に一度も食後血糖値の急上昇をさせない一食当たり二〇グラムに抑えるよう指導していた。もちろん中性脂肪、善玉コレステロールの数値や腎機能、肝機能の検査で経過を見守っている。

いまのところ父は、高かった中性脂肪、肝機能の異常値も正常化し、腎機能にも問題はない。

「なあ有明、父さんはこの療法に自信を持ってる。日本人の食事も、このままではあかんと思う」

将来の医療保険の存否は、食が鍵を握っていると昨日、電話口の父は言った。

有明は、また見て回った農園のことを思い出していた。どこもより美味しいものを作りたいと頑張っていた。そしてそれは糖度を上げることと同義になっていた気がする。果実や芋類はもちろんのこと、キャベツや大根、ネギなど野菜もそうだった。

「私も、この辺で糖質過剰を止めないと大変なことになると思う」

いまは素直にそう言える。

「でも困ったな」

有明はつぶやいた。

「レストランのメニューのことか」

「うん。だって社長は西洋化した日本人の食を、本来の和食へ戻したいって思ってるもん。稲作農家を大切に考えてるし、炭水化物を制限するなんて言ったら、反対されるに決まってるわ」

「じゃあその仕事、降りるんか」

「嫌よ、それは絶対に嫌っ。こんなチャンスもう二度とないわ」

この先、有明が料理というフィールドで勝負するにはオゾンでの成功がこの上ないキャリアとなる。逆に失敗は、業界との決別につながるだろう。

「なら社長さんを説得するしかない。いや社内の人間を納得させられへんような企画、一般のお客さんにも受け入れてもらえないと思うな、父さんは」

声に重みがあった。

「確かに、そうよね」

「父さんの身体はほんまにどんどんよくなってる気がする。寝起きもええし、身体も軽い。何でもやってやろうという気力が前より出てきてる。そやから有明も自信を持って社長を説得してみなさい」

「お父さん、ありがとう。私、やってみる」

有明は電話を切ると拳を握った。

城田は頭のいい人だ。道理が分かれば、必ず糖質制限食に賛同してくれるはずだ。後は、糖質を制限しても、お客さんを喜ばせる美味しい料理を作ればいい。

有明はこれまでに揃えた書籍や父のメールをプリントアウトしたものに、もう一度目を通し始めた。

有明が大事な話があると城田に伝えると、夜八時頃なら西新宿の高層ビル群にあるSホテルのバーにいるという返事だった。城田の方も確かめたいことがあったからちょうどよかったと言った。

確かめたいこと、たぶんそれは英二とのやり取りがぎくしゃくしていることが原因にちがいない。英二とは打ち合わせをする度、意見の衝突を繰り返していた。

有明が人類の主食が炭水化物ではなかったのではないか、と言ったとき英二の顔色が変わった。契約農家の日頃の努力がどれほど大変なものであるかを熱く語り、テーブルを叩きこそしなかったけれど、有明をにらみつける目は明らかに怒っていた。

農家の汗と人の健康とは別次元の話だと有明が言い張ると、日本文化を理解していると思っていたのに残念だとため息をついた。ただあくまでも日本の本物の味を追求するというコンセプトだけは忘れないで、基礎になる味を早く決めてください、と英二は辛《つら》そうに言った。

それから五日経つが、英二からの連絡がないことが気にはなっていた。おそらく彼は城田に経緯を伝えたのだろう。

当たって砕けろ、だ。有明は深呼吸をしてホテルのバーに直結しているエレベータに乗り込んだ。

バーは都内が見渡せるほど高層階にあった。城田が予約していた席は一番奥の窓際で、大きなガラスの下には明滅する星々のようにも見える街の灯が広がっていた。

美しいと思うより、そこに人が生きているのかと思うと、いったい人間という生物は何をしようとしているのか、とつい妙なことを考えてしまう。これほど大きな建物やきらめく光が、生きるために不可欠なものとは思えない。

少し前の有明なら、眼下の夜景にうっとりしたかもしれない。しかし糖質制限食を自分なりに勉強してきて、文明への疑問というものが有明のものを見る目を変えた。

美味しいものを毎日食べたいという欲望が、自然を無視して文明を生み出したのではないのか。そう思って一つ一つの明かりを見ると、夥《おびただ》しい欲望の火のように思えて、厭《いや》らしささえ感じてしまうのだ。

「お待たせしました」

背後から城田の声がした。

「いえ、私もいまきたばかりです。急にお時間をとっていただきすみませんでした」

慌てて立ち上がり頭を下げた。

城田はバーの雰囲気にはまったく合わないコンビニの袋を携えている。

「いや、ちょうどお話をしたかったんですよ。まあ座ってください」

ビニール袋を隣の椅子に置いて城田は腰かけた。

「はい」

と返事して、ビニール袋から目をそらしながら座った。

「ここからの夜景、きれいでしょう？」

城田も窓へ顔を向ける。

「そうですね、とても」

「いや、声をかけそびれるくらい、水谷さんが夜景を眺めておられたから」

城田は窓の下の夜景に目を向けたまま言った。

「そうだったんですか、全然気づかなくて、申し訳ありません」

「いいんですよ。これだけの夜景なんです、圧倒されますよね。さて飲み物ですが、日本酒でもいいですか」

「そう、ですね……」

曖昧な返事になったのは、一〇〇グラム当たり四・九グラムと、糖質の高い日本酒をこのところ避けていたからだ。そんなことも、英二を通して城田の耳には入っているのかもしれない。

城田は私を試そうとしている。

「きっとお気に召すと思いますよ。私が無理を言って置いてもらってる大吟醸なんですが、陸奥《むつ》八仙《はっせん》の斗瓶《とびんど》取りというものです」

「青森八戸《はちのへ》のお酒ですね。名前だけは知ってます」

料理研究家として、それくらいの知識はあると言いたかった。

「じゃあ、それで。お腹の方はどうですか」

「私は済ませました。社長は？」

本当は緊張して食欲がなく、家を出る前にカマンベールチーズ二切れを食べてブラックコーヒーを飲んだだけだ。

「私も済ませましたので、日本酒に合う肴《さかな》を注文します」

そう言うと城田は、ウエイターを呼び止めた。そしてよどみなく、海老とアボカドのハーブサラダと生ハム&サラミの盛り合せ、タコぶつとマッシュルームのオリーブオイル煮、さらにリゾットを注文した。

リゾットと聞いて違和感を覚えた。日本酒の肴にしては少し重い気がしたからだ。

城田のオーダーには、やはり何かある。

有明の方から話を切り出そうと息を吸い込んだとき、お酒と球形に近い小ぶりのグラスが二つテーブルに運ばれてきた。店の男性が素早く二人のグラスに酒を満たす。

「では、お疲れ様」

城田がグラスを持ち上げた。

「今夜はありがとうございます」

有明が持ち上げたグラスに城田が杯を当てた。グラスの音が張り詰めた緊張感をいっそう高めた。有明にはまるで試合開始のゴングのように聞こえた。

対決。そう、ある意味互いの料理に対する思いの闘いの始まりだ。

「やっぱり旨いな」

お酒を飲んだ城田が唸《うな》った。そして、

「水谷さんもどうぞ」

と勧める。

城田に促され有明もグラスに口をつける。

「とても美味しいです」

香りがよく、まろやかでアルコールの刺激というものがまるでなかった。けれど後味に上品な甘みが残り、存在感があった。

有明自身も糖質制限を実践し始めていたため、日本酒を口にしていなかった。そのせいもあるのか、いっそう甘みを感じるのかもしれない。

「それは、よかった」

城田は嬉《うれ》しそうに言うと眼鏡のフレームを上げた。

有明は空になった城田のグラスにお酒を注ぐ。

メニューの売りを糖質制限食にすることを、いつ切り出せばいいのか。そのタイミングを窺《うかが》っているうち、ますます緊張感が高まっていく。

意を決して話そうとすると、料理が運ばれてきたり、城田自身が物色しているレストラン候補の物件の話に聞き入ったりしてしまうのだった。

オイル煮もサラダも良質のオリーブ油が使われていて塩加減も悪くなかったのだけれど、切り出す機会を窺ってばかりいてじっくり味わえなかった。

後はリゾットがくるだけだというタイミングで、城田がコンビニの袋を手にして中から弁当を取りだした。

何もこんな場所でそんなものを出さなくてもいいのにと、有明は店員の目を気にして辺りを見回した。

「これはここにくる途中のコンビニで買ったものです。人気商品なんだそうですよ」

城田は二つの弁当の蓋《ふた》を開けて、そこにひとすくいのご飯を移した。それを有明の前に差し出して言った。

「ご飯を見てください」

またテストか。

有明は蓋の上のご飯を凝視した。そのままだとよく分からないので、割箸でご飯をほぐして一粒ごとに観察した。

「何かお気づきですか」

城田が訊いてきた。

「ええ、あの、ご飯が乾燥してて、これじゃぱさついて味どころじゃないですね」

「こうしてみるとさらによく分かりますよ」

城田がオリーブオイル煮の皿から残った油をスプーンで掬《すく》いご飯にかけた。そして平らに均《なら》す。

「本当ですね。ほとんどのお米が壊れてしまってます」

「こっちのお弁当も多くのお米が欠けてます」

城田が、もう一方のご飯にもオリーブ油を落とす。

「酷い、これじゃデンプンと一緒にうま味も出てしまいます」

これでは、米本来のうま味を失ったご飯を食べていることになる。

「パッケージにはコシヒカリ使用って書いてますけど、意味ないですね」

有明はパッケージを確認した。

「そうです。お米の味を知っているはずの日本人が、これを旨いといって食べているんです。そのうち本物の米の味など分からなくなってしまうのでは、と心配になりませんか」

米の国内需要は一九六三年をピークに減り続け、半分近くになっていると、城田は補足した。

「本当のご飯の味を知らない世代が増えつつあるということなんですね」

それは、むしろ糖質制限には好都合かもしれない。

「私は日本人、日本人らしい舌を取り戻してほしいんです」

「それは私も同感です。ただ、少し……」

「ほう、私の方針に諸手を挙げて賛成するという感じではなさそうですね。私に、話があるということでしたが、それと関係あるんですね」

「あっ、はい。実は……レストラン企画の方向性を変えたいと思いまして」

ひっつきそうになる喉にグラスの水を流し込み、続けた。

「健康というコンセプトをさらに前面に出したいんです」

また水を飲む。そして怖々《こわごわ》城田の顔を見た。彼の顔にそれほど険しさを感じなかった。

「八牧くんから、最近になって水谷さんがメニュー作りに苦労しているようだということは聞いてました。何でもお父さんの具合が悪くなってからいろいろ悩んでいるそうですね。糖尿病だとか」

「ええそうなんです。でも、もうだいぶよくなってきてまして」

「それはよかった。安心しました。お大事にしてあげてくださいね」

城田がお酒を飲む。

「ありがとうございます。それで、健康に対する考え方が変わったんです。いえ、食に対する考え方と言った方がいいです。糖質が現代人の身体を蝕《むしば》んでいるということが分かりました」

「ちょっと待ってください。糖質というのは炭水化物、つまり米、小麦、芋類ということでいいですか」

「ええ、それを制限する料理を出したいと思うようになったんです」

そう言うと何度も深呼吸をし、うつむいた。

「具体的には？」

「糖質制限食を食べさせるレストランにしたいんです」

BGMのジャズピアノに負けそうな声しか出せなかった。

城田は聞き返してはこない。黙ったまま杯を重ねる。

有明は何も言わず、彼のグラスが空くとお酒を注いだ。

いつ城田が言葉を発するのかを待った。自分の心臓の音がどくどくと聞こえるのを紛らわそうと夜景に目を落としたり、ピアノの音に耳を傾けたりした。

しかしいたたまれず、

「いまでも四〇歳以上の三人に一人が糖尿病かその予備軍だと言われていますが、このまま放っておけば、そのうち二人に一人がそうなってしまいます」

と早口で言った。

城田はグラスのお酒を見つめたままだ。

またしばらく沈黙が続いた後、二人の前に茶碗蒸しの容器が置かれた。

静かに蓋を開けると、中身は白米のリゾットだった。

「まあ食べてみてください」

やっと城田が口を開いた。

有明はうなずき、スプーンを真っ白なおかゆの中へ静かに沈めた。少しだけ掬い、二度ほど息で冷まして口に入れた。

バターと炊きたてのご飯の香りが鼻へと抜けた。ご飯一粒一粒の食感が残っていながらのど越しはクリーミーだと感じた。

「味付けは良質なバターと少しの醬油だけなんだそうですよ、これ」

城田がスプーンでリゾットを掬い上げる。

「うま味の出る干し貝柱とか、昆布が使われているような深い味がするのですが……」

もう一口味わって言った。

「いや、お米のみのうま味です。日本人にはそれを舌で感じる遺伝子が備わっている。そう思いませんか」

城田の声は、さほど大きな声を張り上げているのではないのに、ＢＧＭに負けずよく聞き取れた。

「それはそうなんですが……」

日本人にしか味わえない味があることは分かっている。

「……そもそも炭水化物は主食じゃなかったんです」

有明は、父からのアドバイスで城田を説得するときの材料を揃えていた。

人類が何を食べてきたのかという歴史の大きな流れから入る方が、男性は納得しやすいと、父もメールで協力してくれたのだった。

「主食ではない？」

「そこだけ言うと変に思われるでしょうが、説明すればご理解いただけると思います」

有明は自分が学んだことを話し出した。

四〇〇万年から五〇〇〇万年前、チンパンジーと分岐した最初の人類であるホモハビリスが直立歩行の利点を生かして石器を生み出し、他の動物が狩った獲物の残りものから肉をこそぎ食べていた。槍《やり》などの武器を手にしてからは自分たちで狩猟するようになるが、主食は生肉だ。

その後いまからおよそ二〇〇万年前には、火を熾《おこ》すことができたホモエレクトスという人類が登場し、肉を焼いて食べたそうだ。さらに現生人類ホモサピエンスは弓矢などの武器を使って効率よく獲物を仕留めるようになる。

「女性が果実や木の実を集めることはあったそうですが、あくまでシカなどの動物のお肉が主食だったんです。何かを所有するという考えがなく、狩った獲物はみんなで分ける。放浪生活ですけど、自然と上手く調和して生きていたんだと思います」

それが一万二〇〇〇年ほど前に崩れる。農耕の始まりだ。

「つまり、穀物、炭水化物を主食にするようになってから、まだ一万二〇〇〇年しか経っていないとおっしゃりたいんですね」

城田が確かめた。

「ええ、長い人類史から見れば、ごく最近だということになります」

「だから炭水化物を主食としなくても人は生きていけると」

「ご先祖様の食事に戻すだけなんです。世間でよく言われているように、ブドウ糖がなければ脳が正常に動かないなんて、あり得ないんです。タンパク質と脂質だけで狩りにも出て行けたんですから」

糖質を含んだ木の実や果物は、あくまで手に入ればラッキーだという食材なのだと付け加えた。その上で、血糖値を下げるホルモンがインスリン一種類しかないことに疑問を感じないかと訊いた。

「ということは、上げるホルモンはいくつかあるということですか」

「それはグルカゴン、アドレナリン……」

慌ててメモを見た。

「それに糖質コルチコイド、成長ホルモンなど複数あります。つまり、人類は高血糖になるよりも、低血糖になることを恐れていたことが分かります」

生命維持を優先させるのは生物の本能だ。

「あまり下げる必要がなかった。言い換えれば、血糖値が上がる食べ物を摂っていなかったということですか」

「炭水化物をたくさん食べることに身体が対応していないのだと思います」

と言うとリゾットに目を落とした。

「うーん。水谷さんの話を聞いて、肉食が人類のいわば自然食だったということは理解できました。しかし放浪しながらもうまく自然と調和して暮らしていた人類が、なぜ農耕を始めたんでしょうか。農耕は口で言うのは簡単だが、なかなか大変だ。土作りからはじめて、種まき、栽培、そして収穫と、相当な重労働ですよ」

「獲物がかなり減少したらしいです。人類が大量に獲ったからとか、気候変動が原因とか言われてるようですが、私には分かりません」

何かの本で、弓矢や槍などの武器を手にした人類が大量に動物を殺し、それまでの生態系を壊した。その上、気候の変動で大型草食動物の食べるものがなくなり、数多く死んだため人類は食料不足に陥った、と書いてあるのを読んだことがある。

「たぶん、仕方なく原生するイネ科の植物、小麦や大麦、はと麦を食べたのが始まりだと思います」

「なるほど、食べてみて育てる気を起こし、種子を蒔いたんですね。原生している場所なら、育つと踏んだんだ。それが農耕の始まりですか」

城田は何度もうなずく。そしてふと窓の外に目を遣ると、

「水谷さん、この窓から見える明かりの下には人の暮らしがあります。人間が生きている」

と言って有明の顔を見た。

「はあ？」

話の腰を折られたようで拍子抜けした。

「衣食住ともすべて、いまあなたが言ったように、空腹だった誰かが、イネ科の植物を仕方なく食べたことから生まれたんだと思いませんか」

「農耕の始まりが源流ってことですか」

話がちがう方向にずれていく気がした。

「私は栄養学も医学もよく知らない。ましてや人類史や文化史にも明るくありません。けれど流通業というものの原点を常に考えています。流通というのは、生産者から消費者へすべてを滞《とどこお》りなく流すことですが、元々は仏教用語です」

「仏教、ですか」

初耳だった。

何より物品を売買する流通業界と、仏教というものが結びつかなかった。

「どういった意味なんです？」

「流通分《るずうぶん》というんですけどね。経典を三つに区分するんです。教えを説く準備段階を序分、本文に当たる部分を正宗分《しょうしゅうぶん》、そしてその二つを流布していくように説いた部分が流通分と言うわけです。そこには衆生《しゅじょう》の利益というものが何よりも優先されます。その意味から、本物を消費者に提供することが流通を生業としている私の使命だと考えているんです。あなたが糖質制限食こそ本物だと考え、それがお客様の利益になると信じているのなら、私も協力を惜しまない」

城田の言い方には、有明がまだ糖質制限食を本物だと思っていない、というニュアンスが含まれている気がした。

「父の改善ぶりを目の当たりにしました。だから本物だと思っています」

そう言って口を一文字に結んだ。

「それはお父さんが糖尿病だからでしょう？　それとレストランを利用する健康なお客様とはちがうんじゃないですか」

「いえ、レストランでの食事をされた方に分かってほしいんです。炭水化物は私たちの主食じゃないんだってことを。このままだとみんな病気になってしまいます」

そう言ってから思い出し、

「そうです、このままだと糖尿病の方が増えて、ますます医療費がかかるようになると思います。個人の健康のみならず、日本社会の利益のために糖質を制限していかなければならないんです」

と一息で言った。

息苦しくなって深呼吸する有明のウォーターグラスに、城田が水を注いだ。

「社会ですか。水谷さんは大事なことを見逃している」

城田は自分のグラスにも水を入れ、それを一気に飲み干した。

「大事なこと」

城田の目を見た。

「もし日本中の人間が糖質制限をしたら、どうなると思います？」

「稲作農家のことを心配されているんですよね」

「もちろんそれもありますが、そんな小さなことではありません」

社会問題にまで触れたのに、それを小さなことだと言われたことに少しカチンときた。それに、糖質に無神経だった自分の仕事に対し、父は後悔さえして方向性を変えようとしているのだ。けっして小さなことだとは思っていない。

「さっきも言ったけれど、ここから見える明かりの中には、寿司屋もある。和食も洋食、中華料理の店もある。おにぎりや弁当を売って生活している人たちが生きているんです。すべて食文化です。この日本酒だってそうです。日本の伝統と文化の結晶だ。それら全部を否定することになるんです」

「……でも、現に糖質過多が原因で多くの方が病気になって」

「人類が炭水化物を主食にしたのは、四〇〇万年のうちのたった一万年かもしれない。しかし、その一万年に文字ができ、哲学や数学が、そして宗教が生まれたんです。狩猟採集時代のままではおそらくできなかった文明、そして文化を創り出した。極論すれば糖質が、神や仏を生み出したと言ってもいいんじゃないかと、あなたの話を聞いて思ったくらいです。もちろんオカルト的な意味ではありません」

「そんな……」

そこまで話を広げられるとは思ってもいなかった。

「たった一万年だというけれど、けっして侮《あなど》ることのできない一万年です。もし、糖質が神や仏を作ったとすれば、そこには何か目的があったはずだ。そしていまあなたが言うように糖質が人類を滅ぼすとすれば、そこにもまた何か意味がある」

「私には分かりません」

泣きそうな声になった。

「責めているのではありませんよ、水谷さん。もし糖質が文化や宗教を作り、いまそれらを破壊しようとしているのなら、それはそれで仕方のないことだと言っているんです。世界が炭水化物を食べるのをやめるなど、できっこないのはあなたも気づいているでしょう。それに替わるほどの家畜を飼うスペースも、家畜の飼料を栽培する土地も残念ながら地球にはありません。つまり食糧は足りるが糖尿病で死ぬか、糖尿病にはならないが食糧不足で餓死するか、いずれかを人類は選択しなければならないことになる」

城田はため息をついた。そして有明を見つめて、

「私の仕事は、すべての食料を流通させることだ。お客さんを飢えさせることは絶対にできないんです」

と静かに言った。

「それは……飛躍しすぎだと思うんですが」

力なくつぶやいた。

「いや、あなたも中途半端《はんぱ》な考えではいけません。もっと突き詰めてください。私は何があっても食文化を守らねばならない」

城田は強い口調だった。

「お客様が病気になっても、ですか」

負けずに声を出した。

「ニッチという言葉はご存じですね」

「隙間ってことですよね」

大手が売れ筋商品で利益を上げる中、見逃されたものに目をつけ隙間を縫って生き抜く商売がニッチ産業と呼ばれているのは知っている。

「そうですが本来は、生態的地位を意味するらしいんです。簡単に言えば、いろんな生物が生き抜くために、その種独自の食べ物や居場所を獲得しているってことでしょう。主食が決まっているのもニッチという訳です。それを守っているから生態系は維持できた。人類はそれを無視して数を増やしたという見方もできる。しかし一万年で、すでに生態系の一部となったんです。しかも巨大な力を持っている。そんな人類が主食を転換することは、地球上すべての生態系に影響を与えてしまう。そうは思いませんか」

有明が考えもしない巨視的な話だった。

「もう一つ、食べ物が何かに偏るのも危険なんです」

「栄養的にいけないと言うことですか」

「それもあるでしょうが、もっと大きな意味で。たとえばあなたの身体の六割がトウモロコシでできていると言ったらどう思います?」

城田の話には謎が多い。けれど興味をそそられることも確かだ。

「私はあまりトウモロコシを食べてないんで、六割だなんてあり得ません。せいぜい一割くらいだと思います」

「それが実際にある日本人の髪の毛を調べたら、トウモロコシ由来の炭素の占める割合が約六割だったんです。その男性も普段からトウモロコシなど食べないと主張した。なぜだと思いますか」

「分かりません」

「牛や豚、ニワトリの餌にトウモロコシが使用されています。さらにそれらの糞《ふん》を肥料に農作物が育つ。トウモロコシは姿を変えて、我々の口に入るからです。そのトウモロコシはむろんそのまま食料にもなっている。もしトウモロコシが伝染病で滅びれば、たちまち人類は食料を失うことになるんです。そうなれば戦争だって起こりかねない。主食を多種類の炭水化物にしておかないと国の安全すら脅かされるんですよ」

「多種類の炭水化物」

「そうです、トウモロコシに米、小麦や芋。主食の炭水化物も一種類に偏れば危険なんです。まあ、糖質で繁栄した人類、糖質で滅びるのもいいでしょう。ただまだ時間はあると思う。人類の英知が打開策を見つけるだけの時間が……。でないと本当に」

城田が言葉を飲み込んだのが分かった。

「滅びてしまう……」

声が震えた。

「だいたい炭水化物を食べなくなったら、牛肉などをもっと輸入しないとやっていけない。そうなれば、ただでさえ米国がやかましく言っているBSEの検査の撤廃も喜ばないといけなくなる。オゾンが掲げる食の安全と、地産地消の理念から大きく外れてしまいます」

「理念から……私、もうクビですか」

心細くなって訊いた。

「逆に伺いたい。それは、水谷さんに方針を変える気はないという意思表示ですか」

城田はまたグラスを空けた。

有明は返事をしなかった。何か言うと涙がでそうだったからだ。

「分かりました。あなたの覚悟が分かるまで結論は出しません。こちらからご連絡しますので」

城田が微笑んだように見えた。

5

自宅待機の処分を受けている訳でもないのに、有明は半分引きこもり状態にあった。

その間も、英二とは連絡を取っていた。英二から、和食を修業した際に師事したのは誰だとか、その連絡先を教えて欲しいと言われたときは、やっぱり企画から外されたと思った。

確認しても彼は、それはあり得ないと言うばかりで、ならばいま自分は何をすればいいのかと問うても、返事はなかった。

「城田さんって、ほんまに不思議な人やな」

あの夜城田と話したことを電話で伝えると、父はしみじみした声で言った。

「不思議過ぎるわ」

「確かに全員が糖質制限食をやったら、食糧不足になるもんな。実際にお金もかかる。お母さんなんて、家計が破綻するいうて文句言い出した」

「城田社長と会う前は、いろいろなことを想定して私なりに理論武装してたんだけど。

神とか仏とかの話が出てくるなんて思いもしなかった。その辺から、もう頭がクラクラして何が何だか訳が分からなくなっちゃったの」

携帯電話を持ったまま、頭を掻きむしった。

「にわか勉強ではあかんかったってことか」

「そう、見事に轟沈《ごうちん》。いまも自信を取り戻すために、いろんな本をネットで取りそろえて勉強してるんだけど」

「自信、取り戻せへんかったんやな。元気もないみたいやし」

「ますます分からなくなってきた。だってね、少なくとも日本人は、炭水化物を制限するなってのもあったり、膵臓は外分泌で消化酵素を含んだ膵液を出すから高タンパク質、高脂肪の食事は負担をかけてるとか、ケトン体の中には高揚感とか多幸感を覚える物質があるって書いてあるのもあって。断食でハイになる人いるでしょう？　あれはケトン体の仕業だっていうの」

父に当たるように捲《まく》し立てた。

「ふーん、そうなんや」

他人ごとのような言い方だった。

「お父さんはどうなのよ」

「そうやな、高揚感はあるかもしれへんな。みるみる痩せて血糖値も中性脂肪値も、信じられへんほど良うなるからな」

「腎臓の方の検査はしてるの」

炭水化物も脂肪も水と炭酸ガスになるが、タンパク質は窒素を含み尿素として排出されるため、たくさん摂ればそれだけ腎臓に負担をかけるらしい。

「もちろん、検査してもろてる。父さんみたいに高血糖が続いてると、腎臓には気をつけないとあかんさかいにな」

「糖尿病の人の三、四割が腎機能に問題があるって言う医師もいるそうね」

それゆえ糖質制限食を糖尿病の食事療法として積極的に取り入れられない、と多くの本が主張していた。治療のスタンダードにしてしまうには危険が伴うということなのだろう。糖質制限を実施するには主治医の指導を仰ぐしかないようだ。

「先生も腎機能障害と肝硬変のある人には、糖質制限食はできないって言うてはった。まあ幸い父さんには効果があったちゅうことや」

「じゃあ、それをみんなに勧めようとすることが問題なのかな」

レストランという場所は不特定多数を相手にしなければならない。そこで特殊なメニューを出そうとしたことが間違いなのだろうか。

「でもな、有明。現代人は糖を取り過ぎてることも確かな事実。もう少し冷静になって頭を整理せんとあかん」

と学校の先生のような口調だ。

「冷静に？」

「そうや。こういうのはどうや」

父は、レストランの客を健康な人と糖尿病予備軍、境界型の人と糖尿病患者という二つのタイプに分けて考えようと言い出した。健康な人と予備軍には一食当たりの糖質を五〇グラム程度、境界型と糖尿病患者には二〇から四〇グラム以下に設定するというのだ。

「ケトン体いうのは一日当たりの糖質を五〇グラム以下にしてしまうと生成されるらしいから、いま言うた設定やったら大丈夫とちゃうか。それにダイエットという観点からしたら、かなり効果があるはずや」

父は自信ありげな声を出した。

「なるほどね。糖尿病の人も、ちょっと血糖値が心配な人も、ダイエットしたい女性もみんな安心して食事を楽しめるということか。凄い、お父さん」

自分でも恥ずかしいくらい大きな声を発してしまった。

「おだてなって。このプランにはもっとええことがある。有明の腕次第で、みんなにこんなに美味しくて、身体にいい食事があるのかって思わせることができるんや。糖質制限食の宣伝を兼ねることができる。なんたら食堂のレシピ集みたいにな」

「なんだか、やる気が出てきたわ」

「それでこそ父さんの娘や。実はな有明、うちでも同じような冷凍食品を売り出そうと思てるんや」

「キョウレイで」

「ものは相談やけど、オゾンマーケットとタイアップでけへんかな」

「何よ、それ。娘を利用して商売しようって魂胆なの」

道理ですらすらとタイプ分けの話が出てくる訳だ。

「ちょっと感動しかけたのに、損したわ」

「それくらい貪欲にいかんと、城田さんみたいな相手と渡り合えへんで」

「渡り合おうなんてとても思わない。お父さんも会って話せば分かるわ」

ため息をついた。

「有明、お前もしかして」

「何よ」

「城田さんには家庭があるんやろ？」

低い声で父が言った。

「そりゃ当然でしょうよ。全然家庭の匂いしないけど」

「あかん、あかん、絶対にそれはあかん」

父は急に大声になった。

「なんなのよ。いったいどうしたっていうの」

「有明は、人はどこから来て、どこへ行くのかなんて訳の分からないことを考えるような男に弱いのかもしれへんな」

「はあ？」

「実は、昔の父さんがそうやった。自信家で哲学的なところにお母さんが惚《ほ》れて」

と言った瞬間、後ろから「娘に嘘言わないの」という母の声が聞こえた。

「あほらしいから、切るわ」

「待て、何とか城田さんの鼻を明かしてやれ。惚れるより闘う方が有明には向いてる。心配すな、父さんが付いてるさかい」

「もういいよ、じゃあ、お母さんに替わって」

父の本当の病状を教えてもらうためだ。

母の話では、今のところ父の言う通り、血液検査のすべての数値が正常値付近で安定していて、本人の体調もいいということだった。

「お父さんは、あんたの結婚のことばかり考えてはるさかい、変なこと言うたんや」

そう言いながらも、母も城田が既婚者かを確かめてきた。

「え、何よお母さんまで。やめてよ、どうしてそうなるの」

思わず吹き出した。

「笑い事やあらへん」

母が怒った声を出した。

「だって、二人揃って突飛過ぎることを言うんだもん」

「ほんまに、大丈夫なんやな、あんた」

母は真剣に言っているようだ。

「あのね、お母さん。大丈夫も何も、端《はな》からそんなこと考えたこともないわよ。だから、社長が家庭持ちかどうかさえ、気にしてなかったんじゃないの」

「分かった。ほなええんや」

その後、英二のことはどうなのかとか、旅先で出会いはなかったのかとか、公私混同をしているのは母たちの方だった。有明はあきれて電話を切った。

ただ両親と話して、少し気持ちが晴れた気がしてキッチンに立った。岩手に行ったときに買っておいた小岩井《こいわい》農場のカマンベールチーズと、ネットで手に入れた前沢牛《まえさわぎゅう》のステーキを食べ、赤ワインを飲んだ。


英二から連絡があったのは秋分の日の朝だった。

「水谷さん、申し上げにくいんですが」

英二の改まった声が電話から聞こえてきた。

「やっぱりダメだったんですね」

社長に好き放題言っておいて、レシピの監修を続けたいと考える方が厚かましいのだ。

「ダメ？」

英二の声が裏返った。

「確かに私の主張は、社長の考えと正反対だったのだと思います。でも、日本人の健康のことを真剣に思ってのことだったんです。せめてそれだけでも分かってもらいたいんです。ただの我儘《わがまま》とか、そんな風には取らないでください」

「水谷さん、勘違いしてませんか」

「そう取られても仕方ないかもしれませんが、自分のレシピが人類を救うなんて大それたことを考えていたんじゃないんです。もう一度、チャンスをいただけませんか。糖質制限食でも、ここまでできるというところをお目にかけたいんです」

声が掠《かす》れたが、何とか絞り出した。

「いや、ですから、それが勘違いなんですよ」

「そうですね、実績もない小娘のくせに、大きな仕事を任されてちょっと勘違いしてるんじゃないかと思われても仕方ないです。確かに……そう言われれば、反論のしようもありませんが」

「ちょっと、ぼくの話を聞いてください」

英二は有明の言葉を遮った。

有明は黙った。城田からすでに英二へ決定事項が伝えられているのだ。いま英二に何を言っても覆らないだろう。

「ぼくが申し上げにくいと言ったのは、水谷さんにご苦労をおかけする計画が社長の方から提案されたからです。ただそれが過酷なことなので……」

その言葉を聞いて、英二の困った顔が思い浮かんだ。

「過酷なこと……何ですか」

身体を起こし背筋を伸ばした。

「レストランで出すランチメニューを作ってもらいたいんです。水谷さんが主張する糖質制限食を」

「えっ、本当ですか」

驚いて電話を持ち替え、

「じゃあお役御免ではないんですね」

と確かめずにはいられなかった。

「さっき水谷さんが言ったように、社長はチャンスを用意されたんです」

「ありがとうございます」

力が抜けそうになりながら、誰もいない部屋で頭を下げていた。

「ただ……条件がありまして」

「条件？」

再び背中に力が入った。

「水谷さんが作ったランチメニューで、味の勝負をしてほしいんです」

「味の勝負って、誰かと競うってことですか？　昔流行《はや》った料理の鉄人とかみたいに」

「ああ、ありましたね、そうです、そんな感じだと思います」

英二の口ぶりからすると、まだ全貌を城田から聞かされていないように思えた。

しかし有明にも料理研究家としての自負がある。自分が作ったメニューでの味勝負なら負ける訳にはいかない。

「やります、いえ、ぜひやらせてください」

きっぱり言い切った。

「で、もしこの勝負に負けた場合なんですが」

「今度こそクビですか」

「そういうことになります」

英二の声が小さくなった。

「勝てばどうなるんですか」

「すべてを任せると、おっしゃいました」

「負けられないってことですね」

英二は何も言わなかった。

「もしもし？」

沈黙が不安になって声をかけた。

「水谷さん、対戦相手なんですが」

緊張に声が震えているようだ。

「はい」

息をのんでから、

「誰ですか」

と恐る恐る尋ねた。

「呉竹定一《くれたけさだいち》さん、です」

返事ができなかった。

名前はきちんと聞こえていたし、呉竹の風貌も彼からもらった鰹節削り器の香りまで浮かんでいたのに、誰と対戦するのか理解できないでいた。

「水谷さん、大丈夫ですか」

英二の心配する声が耳元に響く。

英二が申し上げにくいと言ったのはこのことだったと、いま分かった。

「あの……対戦のことを呉竹先生には？」

そうだ、呉竹がこんな馬鹿げた話に応じるはずがないではないか。そもそも父が糖尿だと言ったとき、糖質制限を提唱する医師、池辺との縁をつないでくれた張本人が呉竹なのだ。

「先生は、喜んで応じてくださいました」

重い口調で英二が言った。

そんな、そんなはずない。何かの間違いだ。

「私が対戦相手だってご存じなんですか」

「きちんとお伝えしています。その上で……」

「その上で……何と？　言ってください」

「まだ私の相手ではないが、と」

飛行機に乗ったときのように耳がキーンと鳴った。そして急に吐き気を催した。

「詳しいことはまた」

英二が逃げるように電話を切った。

切れた携帯を握りしめながら、助かったと思った。大声を上げてしまいそうだったからだ。

第二章　明日のもてなし　*Service*

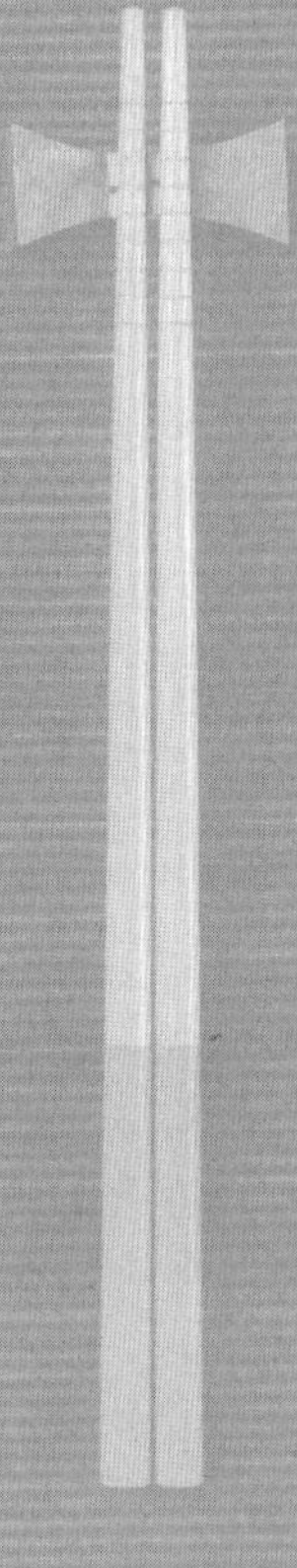

1

対戦相手が有明《ありあ》の料理の師匠、呉竹《くれたけ》であることを伝えた英二《えいじ》は、自宅で酔いつぶれるまで酒を飲んだ。城田《しろた》と有明の間で、英二の気持ちが揺れていた。

花巻《はなまき》空港で有明と会ったときから、ずっと胸がときめいていた。有明が独身であることはプロフィールを読んで知っていたけれど、あれだけの美人だから意中の人がいるはずだ、仕事のパートナー以上でも以下でもない、と言い聞かせてきた。

しかし呉竹という料理人に会ったとたん、何が何でも彼女を守ってやりたいと思うようになってしまった。

それほど呉竹は有明にとって巨大な壁だと直感したのだ。

呉竹の包丁さばきも見ていないし、彼が取った出汁《だし》の一滴を味わった訳でもないのに、そんな風に感じた。

「弟子の中にも糖尿病で悩む者がおります。しかし、和食文化には、どれほどの汗と涙、血が流されたかということも、彼らは知っている。もちろんこの私も。新しい和食を彼女が作るというならば、私の屍《しかばね》を乗り越えなければならない。そうでないと和食の世界で納得する者はいないでしょう。水谷《みずたに》くんが和の世界の料理人から本物だと認められる道は、それしかありません」

という呉竹の言葉を聞いた瞬間、総毛立ったのを覚えている。そして、

「水谷くんと同じ土俵に立つことくらいしか、私にはできませんから」

と微笑んだ。

「まだ私の相手ではない」という言葉を伝えてほしいと言ったのは、別れ際だった。

英二は、呉竹の穏やかな微笑みの中に、師の厳しさを感じた。

呉竹は、自分を倒す以外に有明が和食業界で認められる方法がないと言ったのだ。弟子に自分の屍を踏み越えさせる、そのために料理で対決してみせようという師匠の度量はあくまでも大きい。時間が経つにつれ、呉竹には厳しさだけではない愛情のようなものがあることも分かってきたのだ。

しかし電話口での有明の衝撃は、相当なものだったろう。息づかいさえも消え失せ、彼女が握り締めた電話の軋《きし》むような音がしていた。

なのに、何も言葉をかけてやれなかった。いや、師弟の間に割っては入れなかったのだ。

師から闘いを挑まれた弟子、有明にいま必要なのは何なんだ。

英二はその答えを探し求めていたが、見つからない。

「水谷さんは覚悟を決め、この勝負を受け入れたと思っていいんですね」

打ち合わせが終わると、城田が尋ねてきた。

「と、思います」

英二は我に返り、顔を上げ城田を見た。

「では具体的な日程を決めましょう。審査員にはすでに私から話しています。スケジュール調整をお願いします。私の日程は秘書に確認してください」

「外部の方に審査をお願いするんですか」

城田のことだ、外部審査員には相当なメンバーを考えているにちがいない。名だたる面々の前で負ければ、それだけ有明の立場がなくなるということだ。

「宣伝効果も必要だからね」

「じゃあパブリシティなんかも考えておられるのですか」

「当然です。それだけに話題性のある人選をしました」

城田がテーブルの上に四枚の名刺を並べた。

陶芸家で美食家の正木大二郎《まさきだいじろう》、ワインの世界的ソムリエだが日本酒研究の第一人者である斉藤哲哉《さいとうてつや》、美容整形医の駒沢夕子《こまざわゆうこ》、和菓子職人の時任元《ときとうはじめ》とそうそうたる顔ぶれだった。しかも辛口で、マスコミ受けする人間ばかりという印象だ。

これだけの審査員に負けを宣告されるということは、言葉は悪いがもはや公開処刑に等しいとさえ思えてきた。

「でも社長、まだメニューとしては決定前の料理です。公開されるおつもりですか」

「新聞記者は立ち会ってもらいますよ。もちろん映像でも記録しておくつもりです。どうかしましたか」

城田が、何か問題があるのかという目を向けてきた。

「いえ、呉竹さんにも、また水谷さんにも了承を得ていないものですから」

「両人にとっては小さなことではないですか。報道陣がいようが、いまいが」

そう言ったときに城田の目が笑っているように思った。

「お二人には、一応、伝えておきます」

「お任せします。ただこの勝負、何があっても実行していただきます。その辺はきちんと伝えてください」

逃げれば二人共、袋だたきにあう。絶対に逃げられないということか。

「ただ、水谷さんが糖質制限食を取りやめた場合は、いかがいたしましょう」

苦し紛《まぎ》れにそんなことを口に出してしまった。

「いや、仮定の話としまして」

と慌てて言い添えた。

「もしそうなったら、無条件で彼女を外します」

城田に迷いなどないようだ。

「従来通り、和食メニューを考えてもらうことになります。それでもダメですか」

食い下がった。

「それはそうでしょう。彼女が糖質制限食をメニューにしたいと言い出したのは、お父さんが糖尿病と診断されてからです。治療の一環だということですよね」

「もちろん食事療法の一つです」

「患者さんは、必死です。わらにもすがる思いで様々な療法を試みているんです。命がけだと言ってもいいでしょう。それを自分の立場がどうだこうだということで揺らいではいけない。正しいと自信を持っているのなら貫くべきだし、懐柔されては糖質制限食を実践している方に申し訳ないじゃないですか。そんな人心を惑わそうとしただけの人間に、メニューの監修などやってもらいたくない」

言葉の激しさほど、城田の表情は険しくない。

「分かりました」

頭を下げるしかなかった。

「私情を交えることがいいときと、そうでないときがある。八牧《やまき》くんには、そこを分かってほしいんですよ」

城田に見透かされていた。有明への肩入れを恋愛感情だと取られたかは分からないが、英二の気持ちを感じ取っているようだ。

英二はお辞儀をするとテーブルの名刺を手に取り、システム手帳に挟んで社長室を出た。これ以上城田といれば、何もかも白状してしまいかねなかった。

審査員たちへの連絡は滞《とどこお》りなく済んだ。城田が和食のレストランチェーンを始めるにあたって、その目玉メニューを呉竹とその弟子の競い合いによって決すると、城田は伝えていた。

四人とも、呉竹の料理が食べられるというだけで喜んで参加したいと述べた。弟子の有明については、美人料理研究家として雑誌に取り上げられていること以外には知らず、皆一様に、呉竹の弟子だったということに驚きの声を漏らした。

それらの反応を見ても、すでに勝負はついている気がする。

審査員の興味が、もっぱら呉竹の味にあるということははっきりしていた。

ますます有明のことが気になってきた英二は、思いきって有明に会おうと連絡を取ることにした。

有明は自宅マンションではなく、京都の実家にいた。英二は、話があるとだけ伝え新幹線に飛び乗った。

京都駅に着き有明に電話したのは、午後三時前だった。彼女は京都駅の上階にあるホテルのラウンジを指定してきた。

窓際の席に座り一〇分ほどすると、グレーのワンピース姿の有明がやってきた。

英二が意識しているからなのか、男性の視線は有明に一斉に注がれたように見えた。服装が地味な分、有明の白い肌や整った顔立ちがかえって目立つのかもしれない。

「わざわざ京都まで、すみません」

有明は深く頭を下げながら言った。後ろで束《たば》ねた髪のほつれ毛が、耳元から頰へと落ちた。

「いえ、ぼくの方こそご実家まで連絡を入れて、何か押しかけてしまったようで。まあお掛けください。何を飲まれます」

「私もホットコーヒーを」

有明は英二の前にあるコーヒーカップをちらっと見て言った。

英二は、注文を取りに来た女性にホットコーヒーを頼むと、電話で伝えてもいいことだけれど、と前置きした。

「審査員が決まったんです」

「審査員？」

有明は上目使いで英二を見る。

少し頬がこけているようだ。糖質制限を実践しているからなのか、それとも心労が原因なのだろうか。顔色も白さを通り越して少し青い気もした。

「あくまで公平なジャッジをしてもらうためです」

「そうなんですか」

有明の声に張りはない。

「いまさらこんなことをぼくが言うのは変なんですけど、本当に呉竹さんと対決してもいいんですか」

有明の辛《つら》い顔を見たくないと思う気持ちが、そんな質問をさせていた。

「それは私にも分からないんです。本心では呉竹先生と対決するなんて考えられないし、逃げ出したい。でも逃げる勇気もないんです」

いまは何もする気になれず、自分の意思すら見えない状態なのだと呻《うめ》くように言った。

「これって、もうすでに負けてるんだと思います」

「そんなことはないでしょうけれど。ぼくが、今回の対戦をやめるように社長に言ってみましょうか」

有明を目の前にしているいまなら、クビをかけてもいい。城田にも臆せず発言してみせる、と膝の上で拳を握った。

「八牧さんから？」

有明は不思議そうな表情を見せた。

城田に心酔している英二には無理だ、という顔つきだ。

「そうです、ぼくが社長に言うんです。だって、どちらが勝っても水谷さんは傷つくんじゃないですか」

有明が勝てば、自分の師匠を貶《おとし》めることになり、負ければ大きなチャンスを棒に振る。

「やめても、どうせ私には何も残りませんよ」

さらにうつむく。

「そんなことはない、ありません。でも、なぜそこまで糖質制限食にこだわるんですか。お父さんがその食事療法で回復されていることは聞きました。だからといって病気でもない有明さんがそこまでする必要があるんですか」

はじめて有明と名前で呼んだ。

「八牧さんも、社長と同じことをおっしゃるんですね。だけどそれも私には分からないんです。社長と話すまでは、大げさに言えば日本の食生活そのものに警鐘を鳴らすんだという使命感みたいなものがあったんです」

有明は城田のあまりに巨視的な話に、ついて行けなくなったと漏らし、その一部を語ってくれた。

「神や仏を生み出したのが糖質、ですか。確かに大きい話だ」

英二はかぶりを振り、

「正直、社長がそこまで考えていたなんて、驚きです」

冷めたコーヒーを飲んだ。

「炭水化物が人類を滅ぼすなら、それはそれでいいだなんて言われたら、私はもう何も言えなくなります」

「それも、神か仏の意志だということですね」

「ただ、そうなるまでには時間がかかるだろうから、その間にそれを乗り越えるべき知恵を働かせなければという風なことも、おっしゃいました。頭がクラクラしてしまって」

「難しい問題です。社長にしてみれば、炭水化物を食べないとすれば稲作を基本とした日本の文化が消失することと、食糧危機への懸念が重なってそんな言葉になって出てきたんでしょうけれど」

「ですがいまの日本人がどんどん糖度の高いものを食べていて、舌がおかしくなっているのは確かだと思うんです。城田社長の当初の目的は、米や野菜の本物の味を分からせることだったんじゃないですか」

「なるほど、糖質に鈍化させられた舌では、どのみち本物を味わうことはできないということなんですね」

「そういうことです」

有明が大きくうなずく。彼女の頰に少し赤みが差してきたようだ。

自分が彼女の力になっているのかもしれない。もしそうならば、京都にきた甲斐がある。

「じゃあその一点は、社長の考えと矛盾しないですね」

「けれど、大前提がちがってます」

「社長の場合は医学的な立場じゃないですから……」

同じ炭水化物の問題だけれど、闘う土俵がちがうのだ。かみ合わなくて当然だ。

「審査員はどんな方たちですか」

「ああ忘れてました」

新幹線に乗る前に作成した審査員の名前とプロフィールをまとめた書類を、バッグから取り出し有明に渡した。

「わあ、腰が引けちゃうな」

書類を見て有明が言った。

「皆、一流どころです。料理対決そのものが宣伝材料になるように社長が選びました」

他人ごとのような言い方をした。少しでも有明の味方だと感じてほしいからだ。

自分をコウモリのように卑怯者だとも思った。けれど有明との距離をいま以上に広げたくはない。

有明の髪の毛、瞳、唇、細くて長い首、書類を持つしなやかな指、すべてが愛おしい。

なぜ急にこんなに気持ちが高ぶったのだろうか。

有明が自信にあふれ輝いていたときはビジネス上の付き合いができたのに、彼女が窮地に追い込まれたときから自分の中の何かが変わった。

有明が見せた弱さに反応したようにも思える。自分には、サディスティックな面があるのだろうか。

「城田さんって、いつもあんな感じなんですか。いえ地球規模のことを考えてるというか」

有明が書類から顔を上げた。

「うーん、そうですね。ときどき何を考えてるのか分からなくなるときが、ぼくにもあります」

英二は、城田と柳多《やなぎだ》たちの話をした。

「九州で、そんなことがあったんですか」

「ええ。でも香具師《やし》から学ぶことがあるっていうのを聞いたときは、本当にびっくりしました」

「スーパーマーケットと香具師ですか」

そうつぶやき、有明はカップに口をつけた。

桜色のルージュが触れたカップの縁を見つめ、

「そういう発想が、ぼくたちとは、ちがうんですよね」

とわざと目をそらす。

「そんな方に、私は自信たっぷりに糖質制限の話をしちゃったんですね」

有明が苦笑いを浮かべた。

「ただ有明さん、ぼくはこう思っているんです。そんな変わった発想をする社長が、これだけあなたに試練を与えようとしているのには何か理由があるんじゃないかって」

それは城田自身が、直接有明と会って話し合ったと聞いたときから感じていたことだ。

「それは、私が炭水化物を否定したからじゃないんですか」

「いや、それだけならチャンスを与えるとは思えない。しかも、これだけの審査員まで揃《そろ》えて。宣伝効果を狙っているんだと社長は言いましたが、本当にそうでしょうか」

普通に考えれば呉竹が勝利するだろう。レストランのメニューは呉竹が監修して一件落着だ。つまりより宣伝としてインパクトが強いのは、若い有明が呉竹を破ったときなのだ。

「どこか変じゃないですか。社長は糖質制限には否定的なのに、有明さんが勝ったときの方がより効果が出るような準備をしているんですよ」

「呉竹先生が勝っても宣伝効果があると思いますけど」

「ええ、確かにごく常識的な広告効果はあると思います。でもそんな予定調和のシナリオのためにわざわざこれほどの審査員まで用意するでしょうか、あの社長が。何か、別の考えがあると踏んだ方がいいと思うんです」

「別の考え……、それは八牧さんも知らないことですか」

「知ってたら、こっそり教えてあげますよ」

英二はコーヒーのおかわりを頼んだ。

「別の考え……」

有明が天井を見上げた。

「いままであり得なかった価値観の衝突ですからね。ぼくは有明さんに期待しているのだと思う。有明さんと呉竹さんとの料理対決で、化学反応みたいなことが起こるのを。何が起こるか社長自身にも分からないんでしょう。だからぼくにも話してくれないんじゃないかな」

と言葉にしてみて、城田の考えが見えてきた。

「きっとそうです。有明さんは自分の思う料理で勝負した方がいいんだ」

「じゃあ私に糖質制限を貫けと？」

「そうです。もう迷うことはないです。できれば糖質制限の考えを改めてもらおうと思ってやってきたんですが、それは間違いだったと気づきました。思いっきり呉竹さんにぶつかってください。でないと化学反応なんて起こりませんから」

「そうか、負けて元々なんですよね」

「そうです。あ、すみません」

　頭を下げた。

「いいんです。本当のことだから。なんだか気持ちが楽になってきました。八牧さん、ありがとうございます」

　有明はテーブルに手をついた。

　手を握りたい衝動に駆られ、右手を出し握手を求めた。

「有明さん、頑張ってください」

「八牧さん」

　有明が手を握った。

有明の手はひんやりしていて柔らかかった。

「八牧さん、痛い、です」

「すみません、つい、力が入っちゃって」

反射的に手を離した。手のひらにはふんわりとした感触が残っていた。

その夜、有明と彼女の父親と共に居酒屋で夕食をとることになった。有明からの提案だ。

近くのホテルに部屋を取って、駅前の居酒屋へ行くとすでに二人が席に着いていた。

「娘がお世話になってます」

有明の父は特に太っているようにも、不健康そうにも見えなかった。それが糖質制限食の成果なのかもしれない。

「いやこちらこそ無理ばかりを言ってます」

英二はお辞儀し、料理を適当に注文して焼酎の水割りで乾杯をする。

父親とは世間話から互いの仕事の話になり、最終的にはどうしても食品関係の話題に落ち着く。キョウレイ食品で糖質制限の冷凍食品を開発中だと話し、できればオゾンマーケットに置いてほしいのだと言う。

「よろしくお願いします」

「なに勝手なこと言ってるの」

有明が父を睨《にら》み、すぐに英二を見て、

「すみません、八牧さん。最近はすぐこの話になるんです」

と謝った。

「いや、ダイエット商品として冷凍食品はこれから伸びるんじゃないですか」

「和食のブームは、まだ続くと思ってますからね」

父親は笑顔で言った。

「そうか、和食の冷凍食品でしたね。でも和食にはみりんや砂糖を使うでしょう。それはどうされているんですか」

「ええ質問です、さすがですね。いまはいい甘味料ができてるんですよ」

「人工甘味料ですか」

微妙なうま味にこだわる有明と違和感があった。

英二は視線を有明に注ぐ。それを有明がそらしたような気がした。

「人工甘味料やないんです。ブドウ糖を発酵させた糖アルコールですわ。甘みは砂糖の七割くらいで、カロリーはゼロ、血糖値も上げません」

「ああ分かりました、エリスリトールですね。それを主成分にしたものをオゾンでも販売してますよ。なるほどそれを使った冷凍食品ですか。認知されれば人気が出るかもしれませんね。ぼくは仕入れや商品棚の担当じゃないんでそれ以上は言えないですけど」

「八牧さん、糖質制限食ちゅうんは、ほんまに効果が劇的なんですわ。ほらびっくりしますよ」

父親は数値を羅列した。そしてその数値がすべて正常値であることを強調した。

「じゃあもう糖尿病じゃないんじゃないですか」

素朴な疑問だった。

「糖質制限食を続けてる限りはね」

と言うと、父親はとんかつを頬張った。

その他にもサイコロステーキや焼き鳥も食べていて、従来の糖尿病患者のイメージにはほど遠い食べっぷりだ。

なるほどこれなら、自分のＢＭＩなどから算出した総摂取カロリーを気にしながら、なおかつ脂肪分の多い肉類や揚げ物に神経を使う従来の糖尿病食など、食べようとは思わないだろう。糖質制限食に魅力を感じるのも無理はない。

「ずっと、お米を食べなくても平気なんですか」

「うーん、辛い質問ですね。家内の漬けた壬生菜《みぶな》やぬか漬けのキュウリで食べる茶漬けが、たまらん美味《おい》しいんです。これは食べたいですね」

いかにも辛いという顔つきで、

「結局、何かを我慢せんとあかんのですね、この病気は」

と父親は続けた。

「なるほど、いろいろ食事療法はあるけれど、それぞれ何かを辛抱しなければならない。お父さんの場合は白米を我慢してるってことですね」

「そうです、そない思います。糖質制限食は選択肢の一つですわ。そやから有明にも言うてるんです。和食のレストランに、いままでなかった選択の余地を作るくらいの楽な気持ちで取り組むべきやと」

塩分、カロリー、糖質のそれぞれを制限したメニューがあるレストランは、健康を売り物にした店といえるのではないか、と父親は言った。

「大きなヒントになります。そう思いませんか、有明さん」

英二は有明に目を遣る。

「気を付けてください。父は何もかも自分の会社の商売に結びつけますから」

有明は父親をちらっと見て、英二に大きな瞳を向けた。

「阿呆《あほ》なこといいな。商売に結びつけるのは当たり前やないか。ねえ八牧さん」

「ええ、まあ」

「そや、おたくの社長さんちゅうのは、どんなお方なんですか」

父親は唐突に尋ねてきた。

「城田ですか？　どんなと訊《き》かれましても」

答えようがない。

「いや、有明から聞くところによると、話がやたらと大きいしね。私らからするとぶっ飛んでるって感じがするんですわ。実際のところはどうなのかなと」

「発想は変わってますけど、人間的には変人ということもないです」

「暮らしぶりは派手でしょう」

「そうでもないと思いますよ。取引先の社長なんかと比べれば、むしろ質素なんじゃないですかね。なぜですか、社長が、どうかしました？」

焼き鳥を手にした。

「お子さんはいるんでしょう？」

「社長には、確か娘さんがいるようなことを聞いたことがありますけど……」

父親の質問は身上調査のようだ。城田は私生活のことを職場に持ち込まないため、家族構成さえ噂のレベルを超えなかった。

「やっぱり、そりゃそうでしょうね」

うなずきながら、旨《うま》そうに焼酎を飲んだ。

「お父さんは、何をお聞きになりたいのですか」

「ああ、いや何でもないんですよ。忘れてください」

父親はにやついて、隣に座っている有明の横顔を見た。

「何よ、お父さん」

有明が苛立《いらだ》った声で言う。

「いやいや、もう忘れまひょ」

父親は赤い顔でへらへらと笑った。

「変なの。自分がいろいろ質問しておいて。八牧さん、すみませんね。今夜の父、お酒のペースが速いみたいだから」

有明が謝ったとき、ぴんときた。

父親の質問の主旨は、城田が結婚しているかどうかだったのだ。そして有明を見る冷やかしたような目。

有明は城田のことを――。

考えすぎかもしれない。一緒に仕事をしている会社の社長がどんな人間なのかを父親は心配しているだけということもある。

「社長の考えていることなんて、ぼくら常人では計り知れませんよ。ただお父さんと有明さんの前で言うのはなんですが、日本の稲作農業への思いは強いです」

そこに自分も共感している、という言葉はあえて言わなかった。

有明に嫌われたくないからか、それとも城田への嫉妬心からか。

「そうですか」

「日本文化とか、伝統とかということもあるでしょうが、庶民派の社長としては家計への心配もあるようです」

「家計ちゅうと？」

「お父さんは糖質制限食を実践されてますからお分かりだと思いますが、炭水化物は安価で栄養価の高い食材です。この比率を下げるということはタンパク質、脂質の割合を増やすことになりますでしょう。つまり肉や魚類が多くなる」

「そらもう、家内がボヤいてますわ、エンゲル係数が半端《はんぱ》やないって」

「だと思います。通常は無理ですよ、主食を抜くのなんて。城田の頭には、そんなこともあるんです」

一息つき、

「だからこそ外食で旨い糖質制限食が提供できれば画期的だと、ぼくは有明さんに期待してるんです」

と付け加えた。

有明に対する点数稼ぎだ。

「なるほどな、勉強になりましたわ。おおきに」

父親はグラスを持ち上げた。その顔に酔っ払っている様子はなかった。

2

ついに有明と呉竹の対戦日がやってきた。

世間は体育の日で休日だが、オゾンマーケット本社の商品開発部は午前八時頃からざわついていた。

英二は開発部のスタッフと共に、午前一一時半から行われる対戦の準備に忙しかった。あらかじめ各地から取り寄せた食材の吟味と、調理器具の点検をするためだ。

二人に課せられたのはランチメニューだ。条件は原料費などで五〇〇〇円以内に収めることと、調理時間が下準備を含めて三〇分というものだった。それ以外は、和食の範疇《はんちゅう》に収まると考えられるものならば認めるというルールだ。

二つの大きな調理台の間に、野菜が盛られている。ほうれん草、長ネギ、タマネギ、白菜、春菊、にんじん、カボチャ、大根、牛蒡《ごぼう》などの野菜、椎茸《しいたけ》、舞茸《まいたけ》などのキノコ類、魚や肉についてはあらかじめ双方の要望を聞いて用意した。

対戦の三〇分前には審査員も報道陣も席に着き、二人の料理人の登場を待っている。

審査員にはミネラルウォーターが配られ、後は対戦を待つばかりとなった。

五分前、城田が厨房《ちゅうぼう》の前に立った。

「オゾンマーケットは、日本の農業、畜産漁業を世界に広げていくために和食レストランチェーンを展開します。私の考えは、日本の農畜産漁業を強くし、国際競争力を生み出すと共に、国内においては自給率を上げ、世界に向けては食の安全保障を確立するというものです。新しい和食レストランはその第一弾です。つまり私の今後の戦略が成功するか否かは、このレストランにかかっているといっても過言ではありません。そういう意味で、列席の審査員の皆さんに今日審査していただくランチは、単なる昼食ではないのです。食べた人を満足させ、魅了し酔わせねば意味がない。そういう気持ちで審査していただきたい。では始めてください」

城田の言葉が終わると、有明と呉竹が厨房に姿を見せた。料理の鉄人を決するテレビ番組のような派手さはなく、静かな始まりだった。

だが空気は張り詰め、英二のみぞおち辺りがきりっと痛んだ。

呉竹は調理白衣で、白の和帽子姿、表情は穏やかだ。それに対して有明は唇を真一文字に結び、顔つきは険しかった。それは動きにも現れていて、舞うような呉竹に対して有明はまるでアルバイトのようにぎくしゃくし、鶏肉《けいにく》に入れた包丁で指でも切りはしないかと心配するほどだった。

有明は薄く切った鶏《とり》のもも肉を、刻んだネギと生姜《しょうが》を入れた甘味料と醬油《しょうゆ》ベースのタレに浸した。そうしてエビの頭と尾、殻《から》をむいて背わたを取った。それをまな板の上で細かく叩いた後、すり鉢でする。そこに少量のだしと塩、しめじを加えて形を整え蒸し器に入れた。エビしんじょうだ。

一方呉竹は栗の渋皮をむき、それを玄米と水、少しの日本酒、一さじの塩麴《しおこうじ》と一緒に土鍋に入れ火にかけた。玄米栗ご飯にするつもりだ。

すぐ別の鍋で、西根《にしね》のほうれん草を湯がき、すり鉢でゴマをする。ゴマ和えにするのだろう。そしてゆっくり鰹節《かつおぶし》を削りだした。

二人ともそれほど凝った料理ではなく、シンプルな昼定食で勝負をするようだ。素材が隠れるほど手を入れたり、複雑なソースを使えば味を誤魔化《ごまか》すことはできるが、シンプルさはかえって腕の違いを見せつけることになる。それは双方とも承知のはずだ。

開発部の調理室に湯気が立ちこめ、料理の香りが漂うと共に二人の気迫も熱を帯びているように感じた。

しかし英二が見るかぎり、審査員の目は有明に向いていない。厨房に立てばフラッシュがたかれ常に中心にいた彼女が、いまは呉竹の助手のようにしか見られていない。

心中で舌打ちしながら、英二だけは有明に視線を注ぎ、見守ろうと思った。

一五分が経過して呉竹は、土鍋に水を注ぐ。芳《こう》ばしい玄米の匂いがしているのに、それらを沈静化するように水を入れてかきまぜ、再び蓋《ふた》をする。玄米に芯《しん》まで火を通しふっくら炊きあげる工夫なのだろう。

美味しそうな米の香りが、いっそう部屋中に広がった。

玄米はそうして炊くのか。感心しながら、有明の方を見た。

有明も呉竹の土鍋に目を遣り、小さく下唇を噛んだのが分かった。米を使えない悔しさなのだろうか。酒の肴ばかりのようなメニューは、昼の定食には向かない。有明はご飯抜きで、どんな定食にするつもりなのか。

英二も唇を噛む。

有明は深呼吸をして、皮と種をとった冬瓜《とうがん》を一口大に切り、水と鰹出汁とともにミキサーにかけた。

そしてさらに大きく息を吐くとフライパンに向かう。挽肉《ひきにく》を入れて炒め、そこへ豆腐を入れた。はじけるような音と共に、木のへらで豆腐を崩す。鰹と昆布《こんぶ》の出汁に醤油、豆板醤《トウバンジャン》を加えたもので味付けをして一旦皿に移した。

サッと洗ったフライパンに溶き卵を注いだ。そこに壬生菜の漬け物を入れて再び肉と豆腐を戻した。

壬生菜入りのチャーハンに見立てるつもりだ。壬生菜の漬け物が、和風であることをかろうじて保たせている。

また呉竹に目を転じると、彼はすり下ろした蕪《かぶら》と塩、片栗粉《かたくりこ》を混ぜた中に一口大の鱈《たら》を入れてせいろで蒸していた。鱈入りの蕪饅頭《まんじゅう》だ。

ここで呉竹は少し凝ったものを用意してきた。

有明は一人用の土鍋に出汁をはり白金豚《はっきんとん》としめじと舞茸、ほうれん草を静かに入れた。


三〇分が経過した。

二人は審査員の前に、木の盆に載せた定食を配った。

英二が前に出て言った。

「お二人ともお疲れ様でした。それでは審査員の先生方、よろしくお願いします。まず水谷さんからメニューの説明をしていただけますか」

「はい。私のメニューの特徴は、糖質を制限している点です」

会場がざわついた。

「じゃあ炭水化物を使ってないのね」

声を発したのは美容整形医の駒沢夕子だ。とても四〇代とは見えない顔の色つやで、ライトブラウンの髪を頭の上に盛っていた。

「確かにご飯がないわ」

一つひとつの料理を確認して夕子は言った。

「壬生菜入りの炒り豆腐がご飯の代わりってことだね」

でっぷりしたお腹の正木が眼鏡を外して皿を覗《のぞ》き込む。

「そうです。炭水化物のない分だけタンパク質を増やしています。お豆腐の和風チャーハンと、キノコたっぷり常夜鍋、鶏もも肉の照り焼きです。それにエビしんじょうの冬瓜のすり流し仕立て、アボカドとキャベツとチーズのわさびドレッシング和えの五品です」

有明が料理を紹介した。

「で、糖質は何グラムくらいになるの？」

夕子が尋ねた。

「たぶん二〇グラムほどだと思います」

「糖質制限食が流行《はや》ってるみたいだけど、二〇グラムは少ないわね」

夕子はきっぱりと言った。

「医者の立場から、最低どれくらい要るんですか」

隣に座っている正木が訊いた。

「脳だけで一時間に約六グラムのブドウ糖を必要としているって言われています。これがお昼ご飯として、普通の人なら夕飯まで六時間ほど空きますから、脳は三六グラムのブドウ糖を消費すると考えていいでしょうね。脳だけでそれだけ必要ですから、心臓や体温維持などに使う分も考えれば四、五十グラムはほしいところです。ブドウ糖はなくても、ケトン体という物質で充分だっていう方もいるけれど」

夕子はすらすらと答える。

「じゃ、この料理の二倍は糖質が要るということですね」

と料理を見ていた正木が有明に視線を向けた。

「ですが、糖質制限食という限りは……」

「確かにダイエットとしてはとても有効な食事だわ。だから女性にはうれしいでしょうけど。糖質を制限しすぎると、さっき言ったケトン体が増えて、体臭が強くなる人もいるのよ。それって女性は気にするでしょう？」

「それは、そうなんですけれど、代謝が上手くいくようになれば、臭《にお》いは消えると聞きましたので」

「そうね、一時的なものではあるわ。また一回の外食で臭いがどうのと気にしなくていいかもね」

夕子が矛先を収めてくれたようだ。英二は汗を拭《ぬぐ》った。

「いやいや、ダイエットにいいと言っても、やはり味がね」

そそくさと正木が箸《はし》を手にする。

「どうぞ試食をお願いします」

英二が促した。

「早く食べないと、呉竹さんの料理が冷めますからね」

慌てて食べ出したのは、和菓子職人時任元だ。

審査員の四人が有明の料理に手をつけた。

「照り焼き、甘くて旨いが、これには砂糖を使っているでしょう?」

ソムリエの斉藤哲哉が有明を大きな目で見る。

「この甘みは、おそらく合成甘味料ではなく天然由来の糖アルコールでしょう」

時任が首を左右に振って言った。

「はい、エリスリトールです」

有明が答えた。

「やはり。私らが菓子に使うのは和三盆《わさんぼん》ですが、エリスリトールならまあ問題ないでしょうね。アスパルテームやアセスルファムカリウムなどの人工甘味料を使っていれば、私は審査を放棄するところでした。甘さが人工的すぎて不味《まず》いということもあるけれど、身体に有害だからね。米国では使用禁止にすべきだと言っているほどだ。エリスリトールはさっと甘みが消えるので、さっぱりする点が女性に受けるかもしれないね。私は使おうと思わないけど」

時任はぎょろっとした目を有明へ向ける。

「甘さってそんなにちがうもんなんですか」

斉藤が照り焼きのソースだけを箸につけて舐めた。

「甘さのちがい、私には分からなかったわ。それより水谷さん、冬瓜のすり流しだけど、これにも片栗もくずも入ってないのね」

夕子が尋ねた。

「はい、片栗粉やくず粉はデンプンですから使いませんでした。その分を食感でカバーしようと冬瓜を使ってみました。お味噌汁の代わりに味わってもらえればと」

「汁物ね。出汁も利いてるしエビしんじょうも美味しいわ。充分汁物になる。サラダも美味しいし、ボリュームの点でも満足できる定食だわ。にもかかわらず太らないものね」

夕子は微笑んだ。

英二は内心ほっとしていた。美人故《ゆえ》に毒舌が許されるというキャラクターで人気を博している夕子の意見は、勝敗を握っていると考えていた。

専門家の間でも賛否が大きく分かれる糖質制限食だけに、むしろ白黒はっきりさせ、曖昧《あいまい》な発言はないとみていたのだ。現段階で真っ向否定ではないことに希望が持てる。

「常夜鍋のほうれん草、これはいける。日本酒と合うよ、これ」

斉藤が英二に注ぐ目は、酒を要求していた。

「このレストランはアルコールも出すんですよね」

「もちろん出しますが、今日は用意しておりません」

厳正な審査のためにアルコールは控えた、と告げた。

「あら、飲める店にするの」

夕子が英二の顔を見て、

「でも日本酒はダメよね。糖質高いから」

と言った。

「それはそうなんですが、糖質制限メニューを採用する場合も、店に日本酒は置きます。それも地酒の美味しいのを選りすぐって」

「ちょっと、それじゃ中途半端じゃない」

夕子は甲高い声を出した。テレビで聴いたことのある毒舌モードの音域に達する勢いだ。

「あくまで本物の味を提供する和食レストランというのがコンセプトですから、糖質を制限した料理で素材の味を楽しんでもらえるように工夫してもらいました。それと本物の日本酒を飲みたい人とは区別したいと思っています」

「玉虫色《たまむしいろ》ってこと？」

「そういうことではないんですが……」

どう答えればいいのか分からず、隣に座る城田の顔を見た。城田は腕を組み目を閉じている。

「オプションということです」

英二の声は空《むな》しく響いた。

「それは変だわ。日本酒は糖質が高いもの。何か合わない気がするわ。それとビールもね」

「ちょっと駒沢先生、日本酒もビールもダメって、それこそいただけませんよ。まさかワインを出すなってことにはならんでしょうね」

斉藤が大きな声を出した。

「ワインだって白は赤より糖質が高いわ。健康とか、ダイエットとかを売りにするつもりがあるのなら、ビールもワインもコンセプトに合わないいんじゃないのかしら」

「駒沢先生、待ってください」

英二が夕子の言葉を遮《さえぎ》り、訴えるような口調で言った。

「オプションと申し上げたのが適切でなかったのかもしれません。ですが、現段階でお客様の選択肢を狭めたくないんです。そこはビジネスなんだと、分かってくださ い」

ここまできて嘘はつけない。

夕子は返事をしなかった。

「おお、この壬生菜チャーハンいけるよ。ご飯とは食感がちがうけれど、卵が上手く豆腐をまとめてるね。挽肉の脂肪分が気にならないのもいいと思います」

と正木は声を上げた。彼は有明に好意的だ。

「私もこれは美味しくいただきました」

時任はナプキンで口元を拭いた。

「まだ呉竹先生のお料理をいただいていませんから何とも言えませんが、糖質を抑えている割には、よくできたお料理だと思いました」

時任も及第点をつけたと思っていいだろう。

斉藤については、日本酒が飲みたくなったことで合格点と受け取ってもいい。後はすべての料理の味見が終わっていながら、発言しない夕子が気になった。

「ありがとうございました。では続きまして呉竹さんの料理を召し上がっていただきます。呉竹さん、料理の説明をお願いします」

汗を拭きながら英二は呉竹にマイクを渡した。

「呉竹先生のお料理が冷えちゃいましたね」

夕子の声だ。

「心配ご無用です」

呉竹のしわがれた声に審査員たちが一斉に顔を上げる。

「私の料理に温度は関係ありません。よく熱いうちにとか、逆に冷たいままで召し上がれと言う料理人がおります。しかし料理人の手を離れた瞬間から、その料理はお客様のもの、いつ、どう食べようと勝手なのです。もちろん料理は温度で変化します。だからそれを計算して塩梅《あんばい》するのが、料理で生きていく人間のやるべきことです」

場内が静まりかえった。呉竹の自信に満ちた言葉をそれぞれが咀嚼《そしやく》でもしているような感じがする。

「品書きは、ほうれん草のゴマ和え、鱈入りの蕪饅頭、冷奴、そして玄米栗ご飯と味噌汁です。どうぞ召し上がってください」

迷い箸ほどではないが一瞬だけ躊躇《ちゅうちょ》し、皆が呉竹の言葉に従う。

有明の料理を食べるときとはちがって、しばらくは咀嚼する音だけが聞こえた。

「この冷奴、何と言ったらいいんでしょうか、味がとても濃厚なんですね。これは特別なお豆腐なんでしょうね」

夕子は小鉢を持ち上げた。

「特別ではありません。オゾンマーケットで買った有機豆腐三パックで九八円でした」

呉竹が答えた。

「そんなはずないと思うんですが」

と言ったのは時任だ。

「この大豆の甘さは、普通ではありませんよ」

正木の鼻息が荒い。

「豆腐はごく普通ですが、あるものを加えました」

呉竹はあくまで冷静だ。

「何か、かけてあるんですか」

水谷有明の料理

- 炒り豆腐の和風チャーハン壬生菜入り
- キノコたっぷりの常夜鍋
- 鶏もも肉の照り焼き
- エビしんじょうの冬瓜すり流し仕立て
- アボカドとキャベツとチーズのわさびドレッシング和え

夕子はさらに顔を近づけ豆腐を凝視した。

「種明かししましょう」

そう言って呉竹は小瓶を手にして審査員席へ示した。

瓶の中には金色の液体が入っていた。

「それはごま油ですか」

夕子が目を凝らす。

「いえ、米油《こめあぶら》です」

記者たちがカメラのシャッターを切る音が一斉にした。

「米から油がとれるのは聞いたことがありますが、それが豆腐の味をこれほど引き出すなんて」

正木は豆腐を一口食べた。

「でも油の味も匂いも、まったく感じませんね」

「良質の油ですからね。なにせ玄米一俵から米ぬか五キロ、そこから絞れる油は六〇〇グラムにも満た

呉竹定一の料理

- 玄米栗ご飯（塩麴味）
- ほうれん草のゴマ和え（白味噌）
- 鱈入り蕪饅頭（粥の餡かけ）
- 冷奴（米油かけ）
- 味噌汁（麴味噌）

ない貴重なものです。それだけにたった一滴でも豆腐の味を劇的に引き立てる力を持っているんじゃないでしょうか」

「この玄米栗ご飯の栗は、丹波産の上等ですね」

時任は自分も栗あんを仕込むので、栗の善し悪しは分かると言った。

「いえ、これもオゾンの特価品です」

「そんな……」

審査員らは互いに顔を見合わせた。

「どんなからくりがあるんです？」

時任は身を乗り出さんばかりだ。

「伏見の酒と塩麴を入れて炊きました。杜氏《とじ》が命をかけて守ってきた伝統の味が、特価の栗をブランド栗の味にまで高めたんです。何よりこの玄米は新潟の『魚沼《うおぬま》の実り』ですからご飯の味がいい」

「結局、米という訳ですか。玄米に日本酒、それに米麴。いや米油もか……」

正木が唸《うな》った。

「付け加えるなら、ご飯と一緒に食べたとき口中調味《こうちゅうちょうみ》によって、さらにうま味は増します。日本人の味覚はそうして作られてきました。私の料理をいっそう美味しくしたのは、皆さんの日本人として培った遺伝子です」

呉竹の考えが見えた。彼は炭水化物を排除する有明に対して、何もかも米がものを言う料理に仕立ててきたのだ。そして最終調味料として、ご飯なくしては成立しない口中調味を利用した。

口中調味こそ、日本人特有のおかずの味の濃さ薄さ、甘さ辛さを淡泊な飯で調節して自分好みの味とする第三の調味法なのだ。これにより複雑な「うま味」といったものを味わう舌を育てると言われている。

「なるほど、それで鱈入りの蕪饅頭の餡《あん》が粥なんだ」

と納得した正木へ、黄色い声で言ったのは夕子だった。

「それに味噌汁には麴味噌、ゴマ和えには白味噌が使われているわ」

その言葉を聞き、呉竹の徹底ぶりに英二は背筋が寒くなった。

「しかもみんな旨い。こんなの食べさせられたら、他の和食なんて食えたもんじゃない」

　正木が味噌汁を飲み干しながら言った。

　英二はうつむいた。敗北したと察した有明の顔を見たくなかったからだ。

「審査の結果なんて、今さら聞かないでくださいね、八牧さん」

　夕子がこちらを向いて言ったのだろうが、英二は顔を上げなかった。

「いいえ、それぞれ五点満点で何点だったのか、きちんとジャッジしていただきます」

　と城田が立ち上がった。

「いいんですか」

　夕子は薄笑いを浮かべる。

「それが審査員の仕事です」

「じゃあ私から言いましょう」

　時任が席を立って、

「水谷さん三点、呉竹先生五点」

　と述べた。

「私は、水谷さん四点、呉竹先生満点です」

そう言ったのは正木だった。続いて斉藤が、

「水谷さん三点、呉竹先生五点」

と言って最後に夕子が、

「水谷さんは四点、呉竹先生は五点です」

と締めくくり、城田に顔を向けた。

「八牧くん、判定結果を言ってください」

と城田に言われて、英二はマイクを握る。

「水谷さん一四点、呉竹先生二〇点、従いまして勝者は呉竹定一先生と決まりました」

ため息をついて椅子に座る。

城田は審査員に礼を述べ、審査の終了を告げた。

報道陣が城田と呉竹、そして審査員の周りに集まり、談話を録ろうとそれぞれにICレコーダーを向けていた。

英二は立ち尽くし、呆然と厨房に突っ伏している有明にかける言葉を懸命に探していた。

3

ハンドバッグを手にした夕子が側に寄ってきて言った。

「あなた、皆さんに言い残したこと、ないの？」

夕子に後押しされた気がした有明は声を出した。

「あの、待ってください」

会場を後にしようとしていた審査員たちが振り返った。

「皆さんが出された結果は分かっています。ですが、このまま糖質過多の食事を続けていると日本人の三人に一人、いえ半分が糖尿病になってしまうんです。だから実際に糖質制限食を出す全国チェーンのレストランができれば、話題にもなりますし、糖質制限でもこれだけ美味しくできるというレシピにも注目されると思っています」

有明は叫んだ。時折声が裏返ったけれど、懸命に声を張り上げた。

「味の審査なんだから仕方ないわね」

冷たく言い放ったのは夕子だった。彼女は含み笑いを向けている。好意的ではなかったのか、ハシゴを外されたような気持ちになった。

「ですから、味だけではなくて私が料理に込めた……願い、そうです祈りのようなものを汲んでいただけないでしょうか」

さらに声を絞り出した。

こちらを向いているのは夕子と時任だけで、あとの審査員は鞄を持って会場を出て行ってしまった。そこに城田の後ろ姿もあった。

もう見捨てられたのだ、と感じた。

「水谷さん、確かにあなたの言うように、甘みのみを追求する風潮については、我々和菓子職人も懸念しています。何もかも糖度を上げてきていて、和三盆のほのかな甘みなど霞んでしまう。上品な甘みを分かってもらうことがますます難しくなったって嘆いている職人も多い。昔の人のような舌ならば、カボチャの甘みですら驚愕に値しますからね。だから、あなたの懸念はよく分かる。ただ、呉竹さんの料理もそれほど甘みを強くしていない。栗本来の甘みを塩麴で引き出し、ほのかな甘みは和三盆を使った。上質の米の甘みは粥にすることで引き立たせるなど、細心の注意を払って糖質を控えようとしておられた。同じ方向性を呉竹さんなりの方法で示されたんだと思いますよ。勉強になったんじゃないですか」

時任は柔和な顔だった。

「……勉強させていただきました」

テーブルに手をついてお辞儀した。

「それじゃ」

時任も会釈して部屋から出て行った。

「あらま、みんな帰っていっちゃったわねえ。でも言うべきことはきちんと言葉にしておかないと、次に進めないから。あなたのお料理、私は好きよ」

夕子が有明の手を取った。ほのかな薔薇《ばら》の香りがする。

「ありがとうございます」

お世辞でも夕子の言葉はありがたかった。

「いまからなんだけど、お時間ある？」

「えっ……あ、はい」

予定などなかったが、返事に戸惑った。今後のことは何も考えていない。

「じゃあちょっと付き合って。私のクリニックでお話しましょう」

夕子が名刺を差し出し、

「分かるように、受付に言っておくから。では後ほど」

と軽く膝を曲げると、有明の返事も聞かず素早く立ち去った。

入れ替わるように英二が駆け寄ってきた。

「……あの、有明さん、大丈夫ですか」

「八牧さん……ご覧の通り、完敗でした」

唇が震えた。

「そんなことはなかったと思いますが、呉竹先生が全部をお米にからめてくるとは思いもよらなかったですね」

「いいんですよ、八牧さん。やっぱり先生と勝負するなんて無理だったんです。私が馬鹿でした」

自分を貶《けな》す方が泣かないですむ気がした。

「ぼくは、僅差《きんさ》だと思ってます。呉竹先生の作戦勝ちというだけで……」

「気を遣わせてすみません。私、駒沢先生に呼ばれてますんで」

「何か用なんですかね」

英二が首をかしげる。

「分かりませんが、後ほど行ってみます」

英二から顔をそらし、後片付けをしにスタッフのところへ行こうとしたが再び彼に呼び止められた。

「有明さん」

「はい」

力なく振り返る。

「まだ契約解除じゃないですからね」

英二が念を押すように言った。

「でも」

「契約条項に料理対決を行うことも、その結果が監修に影響を及ぼすことも記載されていませんから。それだけは覚えておいてください」

「分かりました」

反射的に答えた。

後片付けを終えて着替えると、オゾンマーケット本社ビルの前からタクシーに乗った。

駒沢クリニックは赤坂の一等地のビルの一一階にあった。

受付で名乗ると、すぐにモデルのような肢体の女性が院長室へ案内してくれた。彼女の制服はピンク色だ。

院内は廊下も壁も薄いピンクに統一されていた。院長室も例外ではなく、応接セットやテーブルの上の花瓶、メモ帳にペンまで同じ色だった。

「きてくれたのね、どうぞ掛けて」

夕子が奥の部屋から出てきた。夕子の診察衣もピンクだった。

「さきほどは、ありがとうございました」

「堅苦しいことは抜きにして、早速だけど、訊いていいかしら」

夕子が素早く座り足を組んだ。スカートの裾から形のいい膝小僧が覗く。

「はい」

ソファーに腰を下ろしながら答えた。

「城田社長のところの仕事は、クビなんでしょう?」

「契約そのものは解除されてませんけれど、たぶんダメだと思います」

「そう。城田社長は何を考えてるのかしらね」

背にもたれ腕を組んだ。

「だいたい、呉竹定一と対決させるなんてどうかしてるわよ。あなたが未熟だって言ってるんじゃないのよ。相手が大きすぎるってこと」

「それは痛感してます。本当に、身の程知らずでした」

うつむくしかなかった。

「あなた、どうして糖質制限にこだわったの？」

夕子が座り直すと、また薔薇の香りが漂う。

有明は父が糖尿病で、糖質制限食によって著しく改善していることを話した。

「それを目《ま》の当たりにするまでは、私も懐疑的だったんです」

料理の修業と共に栄養学も学び、炭水化物が重要な栄養素であることは常識だと思っていたからだ、と言った。

「そうだったの」

カロリー制限は肥満を解消するには有効な手段だけれど、血糖値を下げる訳ではない。カロリー計算の糖尿病食を食べていても食後血糖値は簡単に一八〇に上昇し、血管を傷つけるリスクは回避できない、と夕子は言った。

「それでも糖尿病が軽度なら効果があるかもしれない。とは言っても低ＧＩ食品だって一八〇は超えるから結果は一緒だし」

ＧＩとは、Glycemic Index（グリセミック・インデックス）の略で、食後血糖値の上昇度を示す指標のことだ。炭水化物を五〇グラム摂取したときの血糖値上昇の度合いを、ブドウ糖を一〇〇とした場合の相対値で表す。たとえば、白米は七〇で玄米は五〇と低く、玄米は白米よりは血糖値を上昇させないと言える。しかし、健康な人間ならば一八〇グラムの玄米を食べても血糖値は一四〇mg／dℓを超えることはないのだが、糖尿病の患者だといとも簡単に二〇〇mg／dℓくらいに上がってしまうのだ。

「糖質制限食で、お父さんが劇的に改善されたのね」

「はい、数ヵ月でとても元気になりました」

父は身体的だけでなく、精神的にも変わった。自信に満ちおしゃべりになった。

「急速に痩《や》せられたんじゃない？」

「痩せましたね」

「それも無理なく……」

夕子の瞬《まばた》きが増え、眼球が大きく左右に動いた。そしてぴたりと止まり、

「ねえ、どうせクビなんだから、私と組まない？」

と、こちらを見つめる。

「駒沢先生と、ですか」

英二はこれを予想して、契約が解除されていないことを念押ししたのだろうか。

「すぐに返事はいらない。契約解除は待ってあげるわ」

「あの、組むといわれましても」

美容整形と料理、どう関わっていいのか分からなかった。

「年明けに、ＭＭＢセミナーというのを開設する予定なの」

夕子はいったんデスクに立って、リーフレットを手にまたソファーに座った。

「これよ」

「拝見します」

有明はリーフレットに目を落とした。

ＭＭＢはMuch More Beautifulという意味で、もっときれいになるためのセミナーだった。三日から一〇日間の合宿で、運動や食事でのダイエットとプチ整形などを行うというものだ。

「うちの福利厚生施設が那須塩原にあるんだけど、そこを使う。そこで出すメニューに頭を悩ませてたのよ」

「ダイエットメニューということですか」

「もちろん。それも糖質制限食よ」

夕子の目が輝いたように見えたのは光の加減だろうか。

「糖質制限食……」

「もちろん短期間よ。体臭は女性の敵だからね。でも、あなたの糖質制限食なら、きっとみんな満足する。ボリュームがあっても痩せられることを知れば、参加者は糖質制限の凄《すご》さが分かるわ」

夕子は、世の中に糖質制限食を広めるなら女性にアピールすべきだと言った。女性は結婚して家庭を持つと、家族の食を司《つかさど》ることが多いはずだと。

「でも悩みは、本当に太り過ぎの女性がこないことなのよね。みんなそれほどでもない。女性らしいスタイルなのに太ってるって思い込む人が多いのよ。私に言わせれば、あなただって痩せすぎよ」

夕子は雑誌で見た有明の方がプロポーションが良かったと言った。

「糖質制限食を研究してたので」

「ダメよ、ダメ、ダメ。痩せすぎはよくない。その辺りも神経使いながら、上手く調節していかないと美容の分野では成功しない。あなたはお父様の病気から糖質制限というレストランメニューを発想した。それには、ちょっと無理があるのよ」

「無理ですか。でもこのまま放置すれば……」

「病気になるって言うんでしょう?」

「そうです」

「病気になった人と、その予備軍、まったく健康だっていう人では、切実さがまるきりちがうわ」

「父にも言われました。区別した方がいいって。オプションで何かをつけた方がいいかなとも思ったんですが」

「それはお客さんのニーズってことでしょう。あなたはいま健康な人もこのまま糖質の多い食事を野放しにしていれば、いずれはみんな病気になるって言いたいんだから、その段階に応じた提案をすべきなの」

「よく飲み込めないんですが」

「そんな難しい顔しないで、単純なことなんだから」

夕子は口を開けて笑い、そのまま続けた。

「健康な人が、高血糖状態になるのを防ぐ食事と、すでに高血糖になってる人の食事は分けないといけないのよ。また糖尿病になっている人でも、軽度と重度とではおのずとちがってくる。私だって医者よ。美容整形外科を専門にやる前は、内科も学んでるわ。付け焼き刃で言ってるんじゃないの」

夕子は美容整形外科を学びに渡米したとき、肥満治療を専門にする内分泌・代謝内科の現場を見てきたそうだ。

「当然アメリカでも糖尿病は深刻な問題だった。あなたも知ってると思うけどアメリカの人の肥満はそりゃもう凄い。まさにヘビー級よ。とにかく一刻も早く体重を減らさないといけない状態なのね。他の臓器に影響を与えかねない場合は胃と小腸をつなぐバイパス手術をするけど、そうでないならやっぱり食事療法が一般的。そこでは段階を踏んでたわ」

急性期と、ある程度体重が落ちてきた時期とは食事内容が変わるというのだ。

「その考え方って合理的だと思わない？」

と言いながら、夕子はテーブルの内線で飲み物を持ってくるよう頼んだ。クリニック特製の美容健康茶だそうだ。

「糖尿病の進行状態で、食事の内容を変えるということですか」

「本当なら血糖降下剤を飲まないといけないほど重度の糖尿病の人には、即効性のある極端な糖質制限食を勧める。痩せて血糖値も安定し出したらゆるい糖質制限食に。境界型の人には玄米を中心とした普通の食事で、健康体の人にはヘルシーでバランスのよい食事というメニューのバリエーションそのものを売りにする。それをうちでやってみない？」

「バリエーションそのものを……それなら、炭水化物を否定しないで済みますね」

存分に腕が振るえると有明は思った。

「そういうこと。要は、本物の味が分かるように本来の舌を取り戻させればいいんでしょう。そうすれば過剰な甘みは必要なくなる。だって必ずしも、甘みがうま味じゃないって分かるんだから」

「味覚が正常になるんですね。それに糖尿病の治療もできる」

「ちょっと待って、治療はうちの役目じゃないわ。ただダイエットや糖尿病の予防には役立つってことよ」

ノックの音がした。夕子が返事をすると、女性が飲み物の入ったグラスをテーブルまで運んできた。氷が入っているのに、少し濃いめのウーロン茶のような色をしている。

「いただきます」

敗北したことの悔しさと情けなさ、無謀な挑戦だったという後悔、自信喪失などの気持ちがこびりつき泣きそうになるのを我慢していて、喉はカラカラに渇いていた。

そのせいか癖のある味で美味しいとは思わなかったけれど、お茶が身体の隅々に染み渡る感じがした。

「有機栽培の桑の葉が主成分で、ギムネマとゴーヤ、牛蒡の種を配合してある。少しは血糖値を下げる効果を見込んでるわ。で、どうなの？」

「飲み慣れれば」

「お茶のことじゃなくって、ビジネスの話よ」

鋭い視線を投げてきた。

「とてもありがたいお話です。それに健康メニューのバリエーションそのものを売りにするなんて考えもしなかったことです」

「それじゃやってもらえるのね」

「あっ、いえ、先ほども言いましたようにオゾンマーケットとの契約が解除されてませんので」

どうせクビになるのなら早く結論を出してほしいと、心の中で思っていた。

「分かったわ。一週間だけ待ってあげるわ。私はとっておきのアイデアをあなたにお話ししたのよ。そのことも忘れないで、覚悟を決めていい返事を用意するのよ」

「分かりました」

何度も城田へ連絡を取ったが話す機会を得られなかった。

迷った挙げ句、英二には夕子からの誘いがあることを正直に話そうと思った。独りで抱えていることに耐えられなくなったのだ。

もちろん内容に関して言うつもりはない。健康を切り口にした料理を出すという点において、オゾングループとMMBは競合するからだ。

呉竹が監修を務めることになっても、和食を健康食としてメニュー展開するはずだ。そして本物の味が分かる本来の舌を取り戻すというコンセプトを押し出していく。

新橋にあるホテルのラウンジで英二に会ったのは、夕子への返事まで後三日と迫っていたときだった。

有明は英二の顔を見るなり、呉竹との料理対決の後に夕子のクリニックに呼ばれた理由を話した。

「やっぱり駒沢先生は、有明さんに興味を示しましたか」

英二に驚いた様子は見られなかった。

「やっぱりって、八牧さんは予想してたんですか」

だから契約のことを持ち出したのかと訊いた。

「まあ、そうです。有明さんのレシピ本を駒沢先生が熱心に読んでいたって、うちの社長に聞いていたんです。有明さんのプロポーションと顔なら、オゾンマーケットよりも駒沢夕子美容クリニックの方がイメージに合うと思ったんですよ」

「八牧さん、社長と会いたいんです。今後の話をさせてほしいんです」

「それが、いまはぼくも話ができない状態なんです」

英二は充血した目で言った。彼は苛《いら》ついた手つきで、ポケットからタバコの箱を取りだした。

「タバコ?」

言葉にしてしまった。料理を仕事にしている者にとって、もっとも舌を鈍らせるのがニコチンだった。勝手に英二もタバコを吸わないと思い込んでいた。

「吸いません、持っているだけです」

八牧はタバコの箱をポケットに戻した。

「ここ禁煙ですものね」

「いや、もう禁煙して長いんです。だから吸うつもりはないんですが、いつでも吸えると思うと安心できるんで……。遠縁がタバコの葉を作ってたこともあって吸ってたんですが、フードコートの仕事をするようになってやめたんです」

英二は早口で言った。

「そうですか。あのそれで城田さんと話ができないってどういうことですか」

「ああ、そうなんです。あれから、実は呉竹さんが使った材料だとかなり値段的に厳しかったことが分かったんです。だからリターンマッチをお願いしようと思ったんですが」

「リターンマッチですか。それは嬉《うれ》しいですけど、私が先生に勝てるとは思えません。それが今回のことでよく分かりました」

もう悔しさはなかった。負けを認めることでしか、前に進めないと思った。

「和食では呉竹さんに敵わないとしても、創作料理ならきっと望みがあります」

「もういいんです。だから私をクビにしてほしいんです」

「クビといっても」

「契約を解除してください。社長さんに八牧さんから口添えしていただけませんか」

頭を下げた。

「契約の解除をぼくから？　そんなことできません」

「私は社長の方針に従わず、それでもチャンスをいただきました。でも呉竹先生に完敗したことは事実です。私がお役に立てることは何もありません」

「駒沢先生は、どのような条件を提示されたんですか」

英二は口を結んだ。

「それは言えません」

目をそらした。

英二が親身になってくれていることは分かっている。けれど彼は城田の会社の社員だ。詳しいことを聞けば、それだけ城田との狭間で苦しむことになる。何も言わないことが、英二を守ることになると自分に言い聞かせた。

「そうですか。ぼくを信じてもらっていないんですね」

「そうじゃないんです」

「なら、すべてを話してください。本当にあなたのためになるのなら、ぼくが何とかしてみせます」

英二の口調が強いのを感じた。

「ダメです、絶対に。私が直接城田社長にお話します。会えるようにだけ取り計らってください」

身体を折って頼んだ。

「ぼくが、駒沢先生に伺います。それならいいでしょう」

と言うとすぐに英二は携帯電話を取り出した。

英二を止めようとしたが、いままでにない彼の険しい顔つきに身がすくんでしまった。

4

「どうして八牧くんが、躍起になるの？」

桜色のスーツを着た夕子がカクテルグラスを手にした。グラスの中身もピンク色だ。

「水谷さんの才能を買っているんです。いえ、それは先生も同じなんじゃないんですか。だから水谷さんを呼び出したんでしょう」

料理対決の後、有明に話があって後をつけたことにしていた。

英二の前にもカクテルが置かれた。夕子と同じものだ。彼女はこのバーの常連客のようだ。目配せ一つでカクテルが出てきた。

「ねえ八牧くん、せっかく河岸《かし》を変えたのに、水谷さん、水谷さんて何よ。いまは、お酒を味わいたいの」

夕子はグラスの脚をつまんで持ち上げた。

「先生は、うちの社長とも親しいんですよね」

鎌を掛けた。

「ええ、とっても」

さらりと夕子が言った。

「なのに、裏切るつもりですか」

「裏切るも何も、そちらとの契約解除を条件にしてる。そのことは水谷さんも分かってるはずよ」

夕子はカクテルを飲み干し、

「おかわり」

とバーテンに言った。

「ぼくが詰問しても彼女は答えなかったんですから、よく分かっているんでしょう。でも、水谷さんが糖質制限食を提唱していて、それに先生が興味を持ったってことは、彼女にレシピを作らせるんだろうってことくらいすぐに想像がつきます」

「だから？」

夕子は横目で睨んで言った。そして、

「美味しいわよ、チェリーブロッサム」

バーテンが置いたばかりのソーサー型のシャンパングラスの台座を指で撫でた。

「うちの城田が契約解除しなければ、彼女のこと諦めるんですか」

　どこまで夕子が真剣なのか確かめたかった。美容整形の世界で成功している夕子ではあったが、ビジネスでの強引なやり方は週刊誌などでも有名だ。日本だけでなく、海外の要人とのパイプも太いらしく、それらを利用して一流モデルやタレントに施術したという。

　それが噂としても、夕子が有明のように料理に純粋な人間を意のままに操《あやつ》ることなど、たやすいにちがいない。利用されるだけだ。

「契約を解除するわ、城田さんは」

　チェリーブロッサムを飲んで夕子は笑った。

「自信があるんですね」

　ネクタイを緩めてカクテルに口をつける。見た目と香りから想像するほど甘くなく、酸味があった。

「城田さんはプライドが高いわ。持論をあんな小娘に否定されたんだから頭にきてるのよ」

「社長はそんな方ではありません」

　柳多の小指を思い出していた。

「感情に流されませんよ」

「怨念の塊《かたまり》よ」

そう言って夕子は笑みを浮かべた。

笑顔でいう言葉ではない。

「先生は、城田といつから」

そこまで言いながら、「付き合いがあるのか」とはなぜか聞けなかった。城田のイメージをそのままにしておきたかったのだ。

「彼が奥さんと別れたのは私のせいかもしれない、って言ったらどうする?」

切れ長の薄目で、こちらを見た。

「奥さんと別れてたんですか……。あ、いえ、もういいです、聞きたくありません。そんな話をしにきたんじゃありませんから」

夕子の目から逃げた。ますます城田を汚される気がした。

「まあいいわ。実は彼、ずっと亡霊を怖がってるのよ、真面目な話」

「亡霊って、社長がですか」

頭のてっぺんから声が出た。若い頃サンボの猛者《もさ》だったという城田が、目に見えないものを怖がっているなんて信じられなかった。

「そうよ、城田洋《ひろし》さん。幼いときに見ちゃったんだって」

「亡霊を？」

「本当に聞いてない？」

夕子は甘えるような声を出した。

「ええ、何も」

ゆっくりと首を振った。

「でも、ぼくも子供の頃はお化けが怖かったし、怪談話はいまだに苦手ですから」

「そんなんじゃないわ。もっと現実的な亡霊よ」

夕子は両肘をつき、まっすぐ斜め上を見つめているようだ。

気になって彼女の視線の先を見たが、そこはグラスが逆さまにディスプレイされているだけだ。

「現実的って、何か妙な話ですね。それじゃ亡霊とはいえませんよ」

「いいえ、亡霊。その事実を知っているのは、死んじゃった先代の社長と前の奥さん。……うーん、私くらいかな」

と言って夕子はまたカクテルをおかわりした。

「そりゃ人間、怖いものや苦手なものの一つや二つ誰でもありますよ」

一気にカクテルを喉に流し込んだ。酸味がさっと口中に広がる。

「彼が普通の人ならいいけど。従業員数万人規模の会社の経営理念まで、亡霊の影響を受けてるのよ。それはこれからも変わらないわ、きっと」

「ぼくは信じません、そんな話」

「水谷さんをクビにする一番の理由も、その亡霊のせいなのよ」

「そんな馬鹿なこと」

「聞きたくないんなら、それでもいいわ。君の大切な水谷さんには、私のところでダイエットレシピに腕を振るってもらうだけ」

「ぼくが止《と》めてみせます」

それのためには明日が勝負だ。明後日にはレストラン事業の進捗状況報告会議が予定されている。

城田はその席で、有明との契約について何らかの結論を発表するにちがいない。料理対決からずっと英二を避けているのもそのためだろう。何とか決定を下す前に話をしないといけない。

「どうぞ、やってみなさい。君が亡霊に勝てるとは思えないけど」

夕子はグラスを指ではじきながら口を開けて笑った。

グラスを打つ単調なリズムが耳につく。馬鹿にされているような音の中で夕子が小声で言った。

「彼女にとってどっちが最上の道なのか、考えることね」

「水谷さんにとって最上の道？」

考えているようで、考えていなかったのかもしれない。オゾンの展開する和食レストランのメニュー監修か、夕子のクリニックでダイエットレシピを考案するか。

有明がやりたいことはどっちだ。いや、やりたいことよりも彼女のためになる仕事はどっちなのかを考えた方がいい。

オゾンなら糖質制限食の旗は降ろしてもらわなくてはならないだろう。けれども医師である夕子の下《もと》でなら安全に配慮した糖質制限食のレシピを作っていける。

契約は解除された方が、有明のためになるかもしれない。そんな考えが英二の頭に芽生え始めていた。

「本当に、社長は亡霊のために水谷さんとの契約を解除すると？」

「そうよ」

力強い口調で夕子は言った。

「亡霊の正体を知れば、八牧くんも納得するわ」

英二の心は揺れていた。

「これ、おかわりしていいですか」

グラスを手に取った。


目を覚ますと、頭の芯が痛い。カクテルの飲みやすさに、つい度が過ぎたのだ。日本酒なら自分の限度を知っていた。

英二は、できるだけ頭に振動を与えないように身体を起こし、枕元の時計を見る。午前七時を少し回っていた。

英二は頭痛薬を飲むとシャワーを浴び、社長秘書に電話した。今日の城田のスケジュールを聞くためだ。

「それはちょっと、申し訳ありません」

今日も秘書は城田の行く先を教えないつもりだ。

「重要な話があるんです」

「困るんです、私も」

秘書の声が曇っていた。

「そうですよね。やっぱりダメですか」

また同じような押し問答となる。秘書の立場を考えれば、無理が言えないのは分かっている。

「じゃあ伝言を」

これも、もういくつ目になるだろうか。

「分かりました、どうぞ」

「亡霊の件で、お話があります、とだけ伝えてください」

「はあ？」

秘書が素《す》っ頓狂《とんきょう》な声を出し、

「もう一度お願いします」

と言った。

英二は同じ言葉をゆっくりと繰り返した。

英二の携帯電話が鳴るまで、一〇分とかからなかった。

「亡霊の話、聞いたんだね」

電話の主、城田が言った。

「社長、わざわざすみません。こうでもしないとお話ができない状態でしたので。至急、お時間を頂戴したいんです」

言葉に力を込めた。

城田に熱意が伝わったのか、

「では、一〇時に私のところへきてください」

と言うと電話は切られた。

声に気分を害した様子はなく、いつもの穏やかな口調だったことに胸を撫で下ろす。

身支度を調え、会社へ向かった。一旦企画部に顔を出して広告会社とレストランのネーミングの打ち合わせをしてからでも間に合いそうだ。

英二は地下鉄で、昨夜夕子から聞いた話を思い返していた。

「まだ子供だった城田は、農家の納屋でとんでもないものを見てしまったの。これよ」

夕子は自分のクビを締める格好をした。

「自殺ですか」

「ええ」

首をつったのは秩父《ちちぶ》のイチゴ農園の主人で、品種改良の投資に失敗し多額の借金をしていたということだった。少しでも甘く形のいいものを求めるあまり、詐欺まがいの投資話に乗ってしまったそうだ。

「彼はお父さんに連れられて、オゾンと契約してもいいという農家を探していたのよ。本人はお父さんと一緒に旅行でもしてる感覚だったんでしょうけど、先代社長は早くから帝王学を仕込んでいるつもりだったんじゃないかしら。折悪く、訪ねた農家でそんなことがあったの。七歳くらいだから、自殺の真に意味するところは分からなかったけれど、その光景はまぶたに焼き付いたって言ってた」

電気を消して眠れなくなった。明るい部屋で眠っても悪夢にうなされる日々がしばらく続いたのだそうだ。

それでも小学校の高学年になると悪夢を見る回数も減っていく。そのうち完全に忘れてしまった。

「ところがね、大学受験を控えた頃、突然その光景が蘇《よみがえ》ったんだそうなの。それもより鮮明に。よほど怖かったのね。城田は、その自殺した農家の経済的な状況や心の有り様を調べないではいられなくなった。恐怖から逃げる人もいるけど、彼の場合はその正体を突き止め打開する方を選んだの」

自殺した農園主は、減反政策で稲作からイチゴ農園に鞍替えしたものの良質な作物ができなかった。そのため強くて甘くて、形のいい品種という甘い言葉に騙《だま》されたのだった。もう少し早く先代の社長がその農園に声をかけていれば、命を落とすことはなかったのではないか。

「そう思えてならなかったようなの。ずっと彼はその亡霊を見続けてる」

会社の方針を決めるときも、眠れば必ず首つり死体が夢に出てくる。

「自然に農家を守る方向で何もかも考えてしまうんだって悩んでたときもあったわ。そんな彼に、私はどうしてあげることもできなかった……。まあ、いまは日本の農業文化こそ、世界に誇れるものだって考えてるけどね。だから稲作文化を否定する水谷さんをレストランメニューの監修にしておく訳ないのよ」

夕子の言葉が重くのしかかる。彼女の言ったことを否定できないからだ。

しかし、それなら有明が糖質制限を口にしたときに契約解除しなかったのはどうしてなのか。方針とちがうことを知りながら、なおチャンスを与えると言って、呉竹と料理対決させたのはなぜだ。対決そのものがビジネスにつながるとでもいうのだろうか。

それではあまりに有明が可哀相だ。いや有明だけではなく、弟子と真剣勝負をした呉竹にも申し訳ないではないか。

城田を尊敬してきたのは、ビジネスを優先して利益のみを追求する人間ではなかったからだ。もっと大きな視点、たとえば伝統や文化から物事を見ているところに魅力を感じていた。

城田に限って、有明を我欲のために利用するなんて――。きっと何か考えがあるのだ。

頭の中で様々な思いを巡らせているうちに、本社の最寄り駅に着いた。

デスクの上の書類に目を通す。広告会社の提案してきたレストランの名前候補は全部で五つあったが、そのうち創作和食「美味呼《ひみこ》」、もてなし茶屋「豊穣《ほうじょう》の里《さと》」、和食レストラン「J・C（Japanese cuisine）」の三つに絞りこんだ。城田に報告できる材料ができた。

一〇時五分前、英二はエレベータに乗り込み七階の社長室へと急いだ。鼓動が速くなるのを、何度も深呼吸をして静める。

それでも収まらない動悸は、社長室の前にきたとき最高潮に達していた。ノックする手にさえその振動が伝わるのを感じた。

「八牧です」

「どうぞ」

聞き慣れた秘書の声だった。

有明は京都の岡崎《おかざき》にいた。

未熟な弟子との分不相応《ぶんふそうおう》な料理対決のお詫びをしたいと呉竹に申し入れると、呉竹は能楽堂である観世《かんぜ》会館を場所に指定した。

京都に住んでいたときも能楽を観た経験はなかった。能楽堂というものに足を踏み入れるのも初めてだ。

どうしていいのか玄関口で迷っていると、呉竹が有明を見つけてくれた。

「先生、先日は申し訳ありませんでした。もっと早くお詫びしないといけなかったんですが、いろいろありまして」

深々と頭を下げて言った。

「大変だったんですね。とにかくいまはお能を楽しみましょう」

呉竹は静かに言うと奥の見所《けんじょ》へ向かう。

有明はその後ろについて行った。

番組は「菊慈童《きくじどう》」と「土蜘蛛《つちぐも》」という能二番だった。

古い言葉が理解できなくて、眠くなるのではないかと心配していたけれど、能管《のうかん》、小鼓《こつづみ》、大鼓《おおかわ》、そして太鼓の音は心地よくリラックスできて、内容も思っていたより分かりやすかった。二曲合わせて三時間ほど経っていたことさえ気づかなかったほどだ。

能を観た後、近くにある喫茶店で休憩することになった。

席に着き改めて謝ろうとしたが、呉竹が制止した。

「やめなさい。私は自分の仕事をしただけ、あなたも同じでしょう」

「先生」

「終わったことです」

「でも私のせいで先生の手を煩わせてしまって。今後も……」

「いいえ、これきりのことですから、大したことではありません」

「これきり？」

「そうです。城田さんとかかわることは、もうありません」

「それはどういうことでしょうか」

もしそうなら、誰がレストランのメニューを監修するのだ。

「あなたとの対決のみをお受けしたんです」

「私と対決するためだけ」

「ええ。むしろ謝らないといけないのは、私の方です。あなたの行く手を阻んだのかもしれない」

「先生のせいではありません。元々私が先生に勝てるなどとは、誰からも思われていなかったんです。対決をすると決まった時点で、私なんて必要とされていなかったんだと思います」

「いや、それはちがう。あの社長はあなたを高く買っています」

「先生、もういいんです。いま別の方からレシピを作る話をいただいていますので」

「別の方。それはやはり糖質制限の？」

呉竹の眉の両端が少し下がった。

「完全にではないですが、炭水化物を制限するレシピを作っていこうと思っています」

分かってほしいとは思っていない。ただなぜ反対するのかという理由が知りたかった。

「先生は、なぜ糖質制限に反対なんですか。糖質制限は稲作文化を否定することになり、それは日本酒やお寿司、和食そのものを否定してしまうからですか」

有明は、農耕のはじまりが哲学や宗教を生み、それらすべてが文明と文化を育んだという城田の話をした。

「うん。今日のお能、『菊慈童』はいかがでした」

呉竹は有明の問いには答えず、尋ねた。

「はじめは不気味だと思っていた七〇〇歳の慈童の顔が、見てるうちに可愛く見えて、不思議なものですよね、能面って」

内容はそれほど頭に残っていなかったため、印象を話した。

「菊慈童はわき出る薬の水によって七〇〇年経っても慈童、少年のように若々しいという設定です」

呉竹は有明の顔つきに不安を感じたのか、能「菊慈童」の内容をかいつまんで話した。

帝《みかど》から不老不死《ふろうふし》の水がわき出る場所を確かめてくるよう命じられた勅使《ちょくし》が、そこへ行ってみると、庵《いおり》の中から少年が姿を表す。この少年こそ菊慈童で、実は七〇〇歳だと言った。少年が言うには、経文《きょうもん》の一節を書き記した菊の葉から湧き出した水滴がたまって谷陰の水となり、やがてその山を流れる川となった。この菊水が、長寿の酒、いくら呑んでも尽きることはない、すべてはありがたい経文のお陰だと言って舞うのだ。

「そんなお水があったら、みんな欲しがりますね」

「そうですね。人間は、不老不死という幻想にしばしば振り回されてきました。そのために奇妙なまじないを行い、実際に動物や人の命まで奪ったことさえあります。ある意味、不老不死などというありもしない甘い罠のためにね」

「甘い罠……」

「ただ菊慈童では薬である水、菊水は汲めども尽きずといってます。そこが大きくちがうところではないですか」

「取り合わないですむということですか」

「それもありますが、現実には尽きないもんなんてありません。ですからこの菊水は、物質的なものを言っているのではない、と私は解釈しています」

「物質的でないということは、精神的なものという意味ですか」

また質問した。

「そうです。不老不死というのは肉体のことを言っているのではないと思うんです。そもそも命は無始《むし》無終《むしゅう》だと仏教では説いていますからね」

始まりもなければ終わりもない、と呉竹がつぶやいた。

「始まりもなく、終わりもない……」

「そうです、昔からずっとあって、これからもあり続ける」

「不老不死といっても、人ひとりの一生のことじゃないってことですね」

それなら七〇〇年経っても、いや一〇〇〇年、さらに一万年経っても命が在り続けても不思議ではない。

あの夜城田が言った意味がいまごろ腑に落ちた。

——一万年で、すでに生態系の一部となったんです。しかも巨大な力を持っている。そんな人類が主食を転換することは、地球上すべての生態系に影響を与えてしまう——

「やっぱり先生も、城田さんと同じお考えなんですね」

「似ているかもしれません。たとえば能楽は伝統文化そのものです。起源は弥生時代から奈良時代にかけて渡来した中国の散楽《さんがく》という芸能だとされています。稲作文化が産んだと言ってもいいでしょう。その後猿楽《さるがく》、田楽《でんがく》と変化していきましたが、主な目的は五穀豊穣《ごこくほうじょう》です。日本人本来の祈りの形だ。どうですか、心地よかったでしょう？」

返事ができなかった。呉竹が能を観せたのはこのためだったのか。

「すべての薬は実は毒でもあるんです。人類の知恵は毒を薬に変じてきたのだと思っています。排除では解決しません」

「毒を、薬に変えてきた」

と意味を考えながら有明は繰り返した。

「料理に関係ある話をしましょう。その方が分かりやすいかもしれませんからね。水谷さん、塩について考えたこと、ありますか」

「どこの天然塩にうま味があるのかを、自分の舌で探し求めたことがあります」

「うん、塩を吟味することは、料理を仕事とする者なら当然のことですね。さてその塩の食としての始まりをご存じかな」

呉竹の視線が、有明の目には刺すように痛い。

「海水から作られたってことくらいしか」

「二五〇〇年ほど前に栄えたオーストリアの古都、ザルツブルクの『ザルツ』はケルト語から派生したドイツ語で塩を指し、『塩の砦《とりで》』だといいます。また日本でも塩に『潮』という字を当てた時期もありましたから海が関係していたことは明らかですね。問題はその始原なんです。人類の狩猟時代、生命線としての塩分は動物の骨髄や貝などから摂取していました。だから製塩の必要はなかった。しかしあることをきっかけに塩を作る技術が発達します。何だと思います？」

わざわざ狩猟時代という言葉を使ったことでも呉竹の望む答えは明らかだった。

「農耕の始まりですね」

このところよく耳にする言葉だ。

「そうです。穀類や野菜にはカリウムが含まれている。だからバランスをとるためにナトリウムが必要になったという人もいます。何よりも味覚が塩気を欲したと私は思っています。いずれにしてもとても貴重なものだったんですね。その後、塩が信仰と深く結びつくことは周知のことです」

呉竹は、旧約聖書の塩の契約や神事で使う清めの塩などを例に出し、それらは門口《かどぐち》への盛り塩、相撲のまき塩、葬儀などのお清めと、現代にも受け継がれた文化だと言った。

「つまり、城田さんが糖質に抱く気持ちと、私が塩に対して持っている思いは似ている。塩分も過度にとれば毒です。しかし料理から塩を排除することはできない。あなたは糖質が毒だと気づいた。ならばそれを薬に変える努力をしないといけない。排除するだけでは乗り越えることができないんです」

城田が、糖質で繁栄した人類、糖質で滅びるのもいい……ただまだ時間はある……人類の英知が打開策を見つけるだけの時間が、と言った言葉が頭をぐるぐると巡った。

「そんな大それたこと、私なんかには無理です」

自分の力は自分が一番知っている。

「できるとかできないとかいう問題ではありません。気づいた人間の宿命です。そこから逃げてもしょうがない」

「あまりにも力不足なんです」

「ならば、のたうち回りなさい。城田さんの下ではやりづらい、手を差し伸べる人のところだと楽だ。少なくとも私の弟子に、楽な方を選択する者はいません」

「もう誰の役にも立てそうにありません。私には初めから何もなかったんです。先生に負けるのは当たり前、失うものなんて何もないのに大きな会社との契約で有頂天になってただけです」

「よく考えなさい。あなたが必要ないなら、私との対決なんて手間なことをしなくてもいいはずだ。城田さんの思い、そしてあなたにチャンスを与えた意味。このことをよく咀嚼して自分の進む道を決めるんです」

呉竹は立ち上がった。そして、

「米作りをする人や菓子職人の苦心を、もう一度自分の目と耳で確かめてみるのもいいかもしれない」

と言い残し、そのまま伝票を手にレジへ向かった。

有明は腰が抜けたように力が入らず、立てなかった。

実家には寄らず、東京のマンションに戻って有明はずっと考えていた。

塩分と糖分の話が、一日中脳にとりついて離れない。

確固たる自分というものがないから、城田や呉竹の話を聞けば揺らぎ、夕子の誘いに魅力を感じてしまうのだ。

料理研究家として半人前の自分に、なぜ城田がチャンスを与えてくれたのだろう。呉竹に指摘されるまでもなく、ずっとわだかまっていた疑問だった。あのホテルのバーで糖質制限を持ち出したときにクビにしてもよかったはずだ。何も呉竹を引っ張り出さなくてもいい。

宣伝広告効果という点も、呉竹がレストランのメニューを引き受けなければ何の意味もないはずだ。万が一有明が引き続き監修をしたとして、和食の達人に敗れた料理研究家というイメージしかなくなる。ビジネスとしてマイナスなだけだ。

いずれにしても城田は糖質制限を売りにする気はない。糖質を否定する立場ではないからだ。にもかかわらず有明を切らない理由が分からない。

個人的な感情。一瞬そんなことを考えた。すぐにあり得ない妄想だと頭を振ったのだけれど、顔が火照るのを感じた。

何てこと、本当に私ってダメだ。まだまだ修業が足りない。

リビングのソファーに横になり、大きなクッションに顔をつけた。ひやっとして気持ちがいい。

あなたの覚悟が分かるまで結論は出しません。クッションに埋めた耳に、城田の声が蘇ってきた。

覚悟か。あの対戦は有明の覚悟を試したということか。

「覚悟を決めていい返事を用意するのよ」

という夕子の言葉も思い出した。

夕子も覚悟と言った。

有明は英二の携帯に連絡を取った。留守番電話サービスにつながる。

「水谷です。至急、携帯まで連絡ください」

とメッセージを入れた。

英二は胸ポケットに携帯電話の振動を感じた。

「電話がかかっているよ」

城田が胸ポケットに目を遣る。

「かまいません。ぼくは社長の口から本心を伺いたいんです」

「駒沢さんが何を言ったか分かりませんが、亡霊を怖がって経営方針を変えてきたなんてことはありません」

城田は眼鏡の位置を直した。

「農業にこだわるのは城田家が代々農家だったからです」

「社長は一貫して稲作や日本酒文化を守っていかなければならない、という考えを主張してこられました。一方水谷さんが導入しようとしている糖質制限食はその正反対といっていい考え方です。なのになぜ料理対決なんて行う必要があったのですか」

「彼女にチャンスを与えたことが不満ですか」

「そうではありません。二人を競わせた意図が分からないんです」

「パブリシティのためです」

「対決そのものは話題になりました。ですが、その後につながっていません。実際に対決の勝者である呉竹先生を起用されるおつもりですか」

「対決が話題に上ること、それ自体成功じゃないですか」

「ぼくが言いたいのは、社長の方針に逆らう水谷さんにわざわざ師弟対決をさせたことが分からないってことなんです」

「糖質制限の考え方は農業を変えてしまう。流通に携わる人間として軽々しく導入できるものではありません。だけど糖分の過剰摂取が日本人の舌の感覚を麻痺させていることも確かです。だから水谷さんの主張にも一理あるんです」

このままでは本物の味が分かる人間が減り、本物が売れなくなると城田は言った。

「一理あるということは、契約の方は？」

「こちらから切る理由はないでしょう」

「それなら、やっぱり対決は何のために」

堂々巡りだ。

「必要でした。水谷さんは料理研究家として糖質制限食だけを提案していけるほど実力はない。呉竹さんに負けたことで彼女は思い知ったでしょう。それがビジネスの世界だとね」

「水谷さんに仕事の厳しさを教えるために対決を行ったと言われるんですか」

「そうです」

「水谷さんは悩んで」

「悩んで当然でしょう。とは言っても、水谷さんと私の考えは君が言うほどかけ離れてはいないんですよ。水と油ではない」

「どういうことですか」

英二には理解できなかった。

「さっきも言ったように甘すぎることを分かるためには一旦、糖質を制限してみることも必要だと思っています。舌を正常にするためにね。その後、実はご飯だけでもこれだけ甘いんだということを分かってもらう。おかずでも過剰な調味料など無用となるはずです」

「素材に眼を向けさせるということですか」

「その通り。いい素材とそうでないものの区別がないから、ただ安価なものに飛びついたり、やたら高いブランドものに騙される」

オゾンの中心的商品は、安いだけでも、またブランドものでもない。中庸の商品群だと城田が言った。

「極端に走らないということですね」

「中庸ということが大事なんです、スーパーマーケットの経営には」

バランスをとるということなのだろう。

「水谷さんが、あのまま糖質制限食に突っ走っていったら、経済的にも庶民はついていけません。では庶民は放っておいてもいいんですか。何事も排除では問題の解決にならないということです」

「排除しない、ということは」

「もちろん水谷さんのことも」

「信じていいですか」

「心配ですか。そうだ、八牧くんはタバコを吸いますか」

「あ、いえ、いまはやめています」

食べ物を扱うようになってから禁煙していると言い訳した。

「かつて岩手県がお米の凶作が続いて苦しいとき、自ら馴れないタバコを吸って、岩手県の大迫《おおはさま》でしか耕作されていなかった南部葉《なんぶは》と呼ばれるタバコの葉の宣伝をした人がいます。八牧くんは知っていますね」

「はい、宮沢賢治です」

子供時代からよく聞いた話だ。童話「風の又三郎」にもタバコ畑は登場するし、賢治自身が「たばこばた風ふけばくらし　たばこばた光の針がそゝげばかなし」とタバコ栽培農家の心情を短歌に詠んでいた。

教師をしている時期の賢治がタバコを手に持っている写真を見て、彼も聖人ではなかったと言う人もいる。しかし郷土の誇る偉人であることに変わりない。

「タバコ栽培に賛成していたことで批判されたこともあると聞いています。しかし現実にタバコによって救われた農家もある訳です。賢治はそこまで考えていたと思いますが、どうですか」

「そう思います。彼の郷土愛の表れだと」

「それにタバコは数多くの文化を産みました。マヤ遺跡にはタバコを吸う擬人化された神を描いたものもある。日本にだって、南蛮貿易を通じて伝来してから喫煙文化が育まれた。もたらしたのは健康被害だけではないんです。だから、オゾンマーケットではタバコも扱う。水谷さんが糖質が体に悪いと考えるのならば、それでもいい。それを分かった上でいかに糖の毒の側面をただ排除するだけではなく、いかに打開していくか。彼女にはそこを考えてほしいんですよ」

城田はデスクの上のすでにできあがってきていた社内報に視線を落とす。表紙には、西根のほうれん草を手にしている有明の写真が使われていた。有明の目は笑っておらず、真剣なまなざしでほうれん草を見つめていた。

「水谷さんは、契約が解除されるものと思い込んでます。それに駒沢先生が、彼女に興味を持っています」

「それは仕方ないでしょう」

「よろしいんですか」

「ええ、彼女の人生だ。もし水谷さんが契約を解除してほしいと言ってくれば、了承しましょう。ただし違約金を払ってもらいますがね」

城田は契約書にその旨が記載されていると言って微笑んだ。

「違約金ですか」

英二がちらっと目にした金額は、契約金の四分の一にあたる五〇〇万に、途中解除までにかかった諸経費を加えた額だった。

「それも授業料でしょう」

突き放したような口調だった。

「ですが、……水谷さんは社長の本意を知りません。分かれば当人もうちと仕事をする方を選択すると思うんです」

「八牧くん、君はこの和食レストラン企画は失敗できない事業だと分かってるはずです。そして水谷さんにはそれだけの期待を寄せている。これまで彼女が得たデータで彼女自身が判断しなければ本物にはならない。強敵にぶつかってそれを伏してはじめて、自分に真の力がつくんです」

「しかしつぶれてしまっては元も子もないんじゃないですか」

「つぶれるような女性ではないと私は思っています。考えて考えて、考え抜いて出した選択なら、彼女の血肉になる。生半可《なまはんか》な同情は、かえって彼女のためになりません。それが私の考える愛情でもある」

「愛情」

城田も有明に特別な感情を抱いているということか。

「いまは見守りましょう」

「……………」

英二は、時間をとらせたことを詫びて応接室から出た。

秘書に無理を言ったことを詫び、社長室を後にすると、エレベータから降りてきた若い女性と廊下ですれ違った。その若い女性の顔を見て立ち止まった。どことなく駒沢夕子に似ていたのだ。

女性を振り返ると社長室の前にいた。そしてノックする音と共に「パパ」という声が廊下に響いた。

まさかそんなこと——。そうだ、顔がというより雰囲気が似ていただけだ。

5

有明は、岩手県の花巻市にきていた。

陸羽《りくう》一三二号を作り続けているという農家、菊池《きくち》剛蔵《ごうぞう》を訪ねていたのだ。陸羽一三二号なら英二の知り合いを訪ねればよかったが、あえてオゾンと無関係の農家から話を聞きたかった。花巻には菊池姓が多く、剛蔵の家を探すのに手間取った。そのせいもあって、刈った稲を天日に干す稲架《はざ》かけを目にすることができた。農家それぞれのやり方で稲を大きな物干し棒にかけてある。ホニオと呼んでいる人を見かけたことがあるが、それとは形がちがうようだ。

京都で育ち農業の経験などないが、その風景を見るとなぜか胸が躍る。それが収穫の喜びというものなのかは分からない。

午後三時過ぎ、ようやく剛蔵に会えた。

剛蔵は八五歳の高齢にもかかわらず、背筋が伸びていて腕の筋肉は逞《たくま》しかった。日焼けと深く刻まれた皺に稲の穂のような眉毛が印象的だ。背丈は有明と同じくらいで、体型は小太りだった。

有明はなぜ陸羽一三二号を作るのか、その大変さはなどの質問をしたけれど、剛蔵から明確な返答はなかった。ただ陸羽一三二号に惚《ほ》れ込んだとか、米作りしか知らないと言って笑うだけだ。

妻が作った「くるみゆべし」と茶を振る舞われ、縁側でひなたぼっこをして時間が過ぎていく。日が傾きだしたころ剛蔵がつぶやいた。

「わしが稲を作りはじめたのは一五だ。たった七〇回しかやってねえのす。それだけでは何も分かるもんじゃねえ」

その言葉に有明は衝撃を受けた。

たった七〇回の稲作経験では何も分からない。毎年真剣勝負をし続けている剛蔵の言葉に身体が震えた。

確かに稲作農家といえども一生のうちに与えられたチャンスは、多くて七〇回ほどだ。それを何代も何代も続け、いま目の前に広がる田園風景がある。

そんな風に考えたことはなかった。農夫の飾り気のない言葉に、有明は深々と頭を下げて剛蔵と別れた。

東京へ戻る新幹線の車窓から、稲架かけ刈穂が無数に見えた。一年分の農家の人の汗の結晶だと思うと、米を否定していた心が痛かった。切なくて見ていられなくなり、有明は目をそらした。

何かを見失っているのかもしれない。

明くる日、有明は和菓子職人時任の店を訪問した。勉強したいという有明の申し出に、彼は見習い職人の作業を見学するよう告げた。

見習い職人は一九歳だと言った。白帽や厨房着、前掛けも様《さま》になっている。彼はもう一年ほど同じ作業を繰り返しているのだと笑顔を見せた。

彼はあんこを作る煮熟《しやじゆく》という工程を担っていた。煮熟というのは北海道産大納言《だいなごん》小豆《あずき》を洗って一五時間ほど水に浸し、あく抜きを行った後九七度で一時間煮ることだ。木のへらで焦げ付かないように混ぜるだけだと彼は説明した。ところが沸騰寸前の小豆は時折マグマのように吹き出す。それが容赦なく職人の腕に飛び散るのだ。顔色ひとつ変えずに黙々とへらを動かしている男性の腕には無数の火傷の跡があった。熱さも痛みも感じなくなったとき、旨いあんこができたと時任からお墨付きをもらったそうだ。いまではそこへ和三盆を投入する調味という作業を許されていた。

「あんこは和菓子の命です。そこを任されたということは、嬉しくもありますが責任の重さにつぶされそうになります。親方に味を見てもらう瞬間は、逃げ出したいくらい怖いんですよ」

と真顔で言った。

「そうしてまで頑張るのはどうしてなんですか」

有明は素朴な質問をしてみた。

「親方の流しもの、いや練り羊羹《ようかん》を食べたんです。そしたらいままで味わったことのない深い味がしました。食べてるときも、後もなんだか気持ちが柔らかくなった気がしたんです。羊羹一切れでそんな風になった自分が……」

言葉を切って彼はうつむいた。

「自分がどうだったんですか」

「自分でいうのも照れくさいんですけど、ちょっといいなって思えたんです。すみません」

「謝ることじゃないですよ」

有明は微笑みかけた。

羊羹一切れで優しくなれる自分が愛おしい、と思う気持ちは有明も理解できた。高校受験で苛立っているとき母が作ってくれたぜんざいを食べ、気持ちが楽になったことがある。そのとき、ぜんざい一杯で母に感謝できた自分が素直でいい子に思えた。

甘みには確かにそんな魅力が備わっている。菓子は古来、天然の果物や木の実の

「果子」だったと言われている。人類にとってのラッキー食材から発展して、茶とともに習慣化されるようになったのだ。
糖は毒だといえないのかもしれない。

6

明くる年の正月、健康志向和食レストラン「J・C」の一号店が北九州市小倉《こくら》でオープンした。

華美さを抑えた茶色ののぼりには「素材食味料理の店《ほんもの》」と書かれ、その下には「水谷有明監修」とあった。

英二は、そののぼりがはためくのを目を細めて見ていた。クリスマスから小倉に泊まり込み、大晦日には年越しそばのプレイベントを開催、大盛況で最高の滑り出しだった。

そのまま客足は衰えず、厨房は大忙しで有明とゆっくり話す時間もなかった。今日から一五日までは駐車場で、食べ物以外の出店を出す。当て物や射撃、輪投げに親子連れの歓声があがり、人寄せに一役買っていた。

それらを取り仕切ったのは地元の香具師の束ねである柳多だ。彼は健全さといかがわしさのぎりぎりの外連味《けれんみ》で、上手く正月ムードを醸《かも》し出した。

肝心の料理だが、糖質制限メニューに関しては一食分の糖質を二〇から四〇グラム以下に設定した。鰹と昆布からとった出汁をブレンドしてうま味を利かすことで、素材の持つ自然の甘みを味わえるように工夫したのだ。そして砂糖だが、黒糖、きび糖に加え、城田の発案で「希少糖」というものも試してみることになった。

希少糖は自然界にごく少量しかない糖分だが、最近の酵素などを使った研究によって大量生産が可能になったものだ。甘みは砂糖の七割程度ありながら、食後血糖値上昇抑制作用をもっていた。有明はこの希少糖の優しい甘さが気に入ったようだ。ただその名の通り希少なものだから値段が高い。そこで城田が、ゆくゆくは契約プラントを作る話にまで発展させ、今春には着工予定だ。そうなるとさらに価格が下がるだろう。

てんてこ舞いの厨房で有明は、手際よくスタッフに指示を出している。表情は明るく、声にも張りがあった。

主食には良質の玄米を使用し、三分《さんぶ》、五分《ごぶ》、七分搗《しちぶづ》きからも選べるようにした。どれを選択しても糖質はきちんと計算されている。

今日は城田が店に顔を出す。一息つける三時過ぎに到着するはずだ。それまでは有明と話もできないだろう。

英二は駐車場で客の誘導をしていた。

「八牧さん、ご苦労様です」

背後から柳多の声がした。彼はJ・Cのユニホームである作務衣《さむえ》を着こなしている。手には軍手をはめていた。小指のないのを隠すためだ。

「柳多さん、お疲れ様です」

「明日から、獅子舞《ししまい》を連れてきてよろしいか」

柳多のドスの利いた声は相変わらずだった。

「獅子舞ですか。いいですね」

「ありがとうございます。予算内で手配させてもらいますんで」

柳多はにこりともせず言った。

「よろしくお願いします」

柳多が他の香具師のところへ行くと、みんな手を後ろへ回し直立不動の姿勢で話を聞く。その光景には馴れないけれど、彼らの働きぶりはよかった。お客さんへ話しかけるタイミングというか、間のようなものは接客の勉強になる。

三時を回った頃、城田と秘書が来店した。

英二と有明が厨房の奥の事務所に呼ばれた。

「ご苦労さん。いい店になりました。ありがとう」

城田が椅子から立ち上がり礼をした。

「そんな、社長……とんでもないです」

英二も慌ててお辞儀をする。隣の有明はさらに深く頭を下げているのが目の端で分かる。

「八牧くんから昨夜の報告を聞いて、私は手応えを感じているんです」

「ぼくはフードコートでの経験しかないですが、お客さんの目がちがう気がしてます。オゾンがどんな『ほんもの』を出すのか、また水谷さんが打ち出した素材食味料理っていうものへの興味が表情に表れてるんです」

有明は糖質が四〇グラム以下のメニューには「素材食味マーク」をつけることを提案した。このマークのついた料理は、糖質を含め素材の本来の味を邪魔するものがなく、より純粋な美味しさを味わえるという意味だ。

だからマークは、何かをカットするというイメージのものではなく、ハートマークの中に擬人化した稲穂が頭を垂れて微笑んでいる。

有明は、昆布出汁に含まれるグルタミン酸と鰹出汁に含まれるイノシン酸を合わせると、うま味が増す「相乗効果」が起きる仕組みを利用しようと試みた。相乗効果は、塩気などを強く感じさせることは経験上知っていたのだが、それは必ず甘みにも働くにちがいないと思ったのだ。比率を変えて何度もブレンドし、最も甘みの感受性を高める「うま味出汁」を作りだした。

この出汁をすべての料理に使うことで、素材の味を最大限引き出す料理が可能となった。

「ちらっとアンケート用紙に目を通したんですが、味への評価が高いです。コストを下げてくれたお陰もあって、満足度もかなりのものでした。鰹と昆布出汁ブレンドが功を奏している証拠ですよ。あなたの狙い通りだ、水谷さん」

城田が握手を求めた。

「ただ私は、夢中で」

と言いながら有明が手を出すと、城田が大きな手で包んだ。

二人の手から英二は目をそらす。

「研究熱心な水谷さんのことだ、どこでも通用しますよ。あ、そうだ、駒沢さんが共同研究を申し入れてきました」

　城田が言った。

「駒沢先生が？」

「あなたのレシピにどこまでダイエット効果があるか、そして糖尿病患者に対してどれだけ有効なのかのデータをとりたいんだそうだ」

　一食当たりの糖質が四〇グラムで一日の総摂取量は一二〇グラムならケトン体の生成がなく、血糖値の上昇も最小限。その上、玄米はよく噛まねばならず、野菜をふんだんに使った有明のメニューは、糖尿病患者や予備軍にも効果があるのではないかと、夕子は期待しているのだそうだ。

「私はいいんですけど……」

　有明は城田を見つめる。

「私の方は、あなたがよければいいんだ。ビジネスになるからね」

　城田が笑った。

「あの、社長に伺いたいことがあるんですが」

と有明と城田との会話に割り込んだ。

　英二は、いまここではっきりさせたいと思った。

「何ですか八牧くん、改まって」

「関係ないことで恐縮ですが、駒沢先生は、社長のことをよく知っておられます。それはどうしてですか」

城田の困る顔を有明に見せたかった。夕子が離婚の原因だったと有明が知れば、城田に気持ちがあったとしても少しは冷めるにちがいない。

オープン準備の間、有明の城田に寄せるただならぬ視線が気になっていたのだ。

「それは、そうでしょう。彼女は私の弱いところも見てきたからね」

城田が答える。

「どういった関係なんですか」

躊躇せずはっきり訊いた。

「私には早百合《さゆり》という大学生の娘がいます」

「娘さんがおられるのは、存じてます」

「彼女の母親ですよ」

「えっ」

声をあげた有明を英二が見た。

「夕子とは九年前に離婚したんです。そのことは社内でも数人しか知りません。彼女も口外していないと思いますが、何か思わせぶりなことでも言いましたか」

「自分が離婚の原因であるようなことを」

「誤解させたなら、許してやってください。経営方針で悩む私を見たくなくて、美容整形の先進技術をアメリカで学ぶと言って出て行ったんです。それに、研究のためなのかどうか分かりませんが、自分の顔を整形して別人のようになって帰ってきました。よほど私との過去を消し去りたかったのでしょう」

と言って、城田は白い歯をみせた。

「じゃあいまは独身なんですか」

と訊いたのは有明だった。彼女の嬉しそうな顔を英二は見てしまった。

有明が城田に個人的な感情を抱いていると確信すると同時に、ポケットのタバコの箱を握っていた。

「それでは柳多さんに話があるので、私はこれで。この後もよろしく」

黙った英二と微笑む有明に声をかけて城田は事務所を出て行った。

英二は、タバコを咥《くわ》えて窓を見た。入口に飾ってある大きな注連縄《しめなわ》が見える。

「八牧さん」

有明の声に振り返った。

「吸わないですよ」

「当然です、ここは禁煙ですから。そうではなく、私、八牧さんにちゃんとお礼を言ってないと思って」

「お礼？」

慌ててタバコをポケットにねじ込んだ。

「ええ、そうです。ここまでできたのは八牧さんのお陰だと思ってます、本当にありがとうございました」

「そんな、いいですよお礼なんて、他人行儀なこと。だって有明さんの向上心というか、研究の成果じゃないですか、全部」

「まだ勉強が足りません。私、もっと頑張りますから、これからもよろしくお願いします」

「勉強が足りないのはぼくの方です。もっともっと学ばないと……」

城田には勝てない。

「じゃあ、頑張りましょう」

有明が手を出した。

「前進あるのみですね」

城田の手の感触を払拭させるように、有明の手を握る。

強敵にぶつかってそれを伏してはじめて、自分に真の力がつく——。

以前城田が言った言葉を思い出し、握った手に力を込めた。

「一緒に、ほんものになりましょう」

有明が強く握り返してきた。

沸々《ふつふつ》と闘志がみなぎってくるのが自分でも可笑《おか》しくなって、英二は微笑んだ。

文庫版あとがき

やってみて実感！　食べることは生きること。

健康診断で血糖値が高いことを指摘されたとき、すぐに頭によぎった病名が糖尿病でした。実際は、高血糖イコール糖尿病ではないのですが、そのときはもう頭の中が真っ白になって、このまま放置すればひどい場合は失明や足の壊疽、腎機能障害など合併症を起こしてしまうという言葉におののきました。

一方でいったん治療を始めれば、一生薬を飲み続けなければならないというような噂も耳に入ってきて、お医者さんにかかるのも気が進まない。

どうしたらいいか分からず、とりあえず「敵」を知ろうと血糖値や糖尿病に関する書籍、闘病記などを読もうと考え書店に赴くと、健康に関する本の多さに驚きました。どれがいいのか迷う中、選択したのが主食を抜けば糖尿病も治るという「糖質制限食」の本でした。

血糖値を上げるのは糖質・砂糖や炭水化物（ご飯やパン、麵類、芋類とトウモロコシ）だから、それらを口に入れなければ高血糖にはならないというシンプルな考え方と、とかく悪者にされていた脂質や動物性タンパク質、アルコール（蒸留酒）に制限のないことに惹かれました。当時はまだ糖質制限という言葉は一般的ではなく、知る人も少なかった。そんな反主流の試みに、ミステリー作家としては大いに好奇心をそそられたのです。

やり始めてすぐに効果は現れました。ひと月で一二キロも減少したのです。

そして半年後の健診で、血糖値の他、中性脂肪などの数値にも改善がみられ、高血糖による合併症のリスクからも解放されたのでした。

普通ならそれで「めでたし、めでたし」で終わるのですが、三年後、糖質制限食を実践している方の書いた宮澤賢治の詩『雨ニモマケズ』についての文章が目に飛び込んできました。

雨ニモマケズ
風ニモマケズ
雪ニモ夏ノ暑サニモマケヌ
丈夫ナカラダヲモチ

（略）
一日ニ玄米四合ト
味噌ト少シノ野菜ヲタベ
（略）
ミンナニデクノボートヨバレ
ホメラレモセズ
クニモサレズ
サウイフモノニ
ワタシハナリタイ

この「一日ニ玄米四合ト味噌ト少シノ野菜ヲタベ」に対し、玄米四合は食べ過ぎだ、というようなことが主張されていたのです。贅沢だと言っているようにもとれるこの感想を、賢治研究をライフワークにしようと思っている僕は看過できません。

賢治が病床で『雨ニモマケズ』をしたためた昭和六年頃、彼が生まれ育った岩手県花巻はけっして肥えた土地ではありませんでした。常に飢餓や貧困にあえいでいたのです。メタボリックシンドロームの人間がいたとも思えません。

詩は「サウイフモノニ　ワタシハナリタイ」と締めくくっています。つまりこの玄米四合も贅沢なことではなかったと読み取れます。

玄米四合は二一〇〇キロカロリーを超えるのですが、それだけ炭水化物を摂っていても戦前の日本人は食べ過ぎではなかったということになります。考えてみれば朝から晩まで野良仕事に追われ、どこへ行くのにも徒歩だった時代と、機械化された現代社会とは運動量において圧倒的な違いがあります。個人的な運動の好き嫌いなどでは解決できるレベルのものではありません。

結局は炭水化物が肥満の原因だとか、糖質が悪いとかではなく、運動量の問題だったのではないかと思うようになりました。

ただ頭で分かっていても、毎日血糖値を測定していると、いったん食べるのをやめてしまった炭水化物を、再び口に入れるにはかなりの勇気が要ります。事実、ほんの少しでもご飯やパンを食べれば食後血糖値は異常値まで上昇しました。

なかなか糖質制限食を見直すことができず、約五年間我が家の食卓にはタンパク質と脂質、葉物野菜に、焼酎が並ぶことになります。

そのうちあることに気づきました。糖質を悪者にすると気分がなぜか高揚してくるのです。後にそれはケトンハイなのだと知るのですが、そのときは分からず多幸感に包まれ、どんどん厳しい制限を課すようになり、糖質制限の素晴らしさを人に話しまくる自分がいました。

実体験に基づく話をする分には、問題ありません。しかし、これしかない、という激しい思い込み、柔軟性を欠いたものの考え方は、発想力を必要とする作家には命取りになりかねないと怖くなってきたのです。

ようやく賢治の『雨ニモマケズ』に立ち返り、日本人が食べてきたものをヒントに食事を変えてみようと決意しました。

獣医を主人公にした小説を書いたときの資料で、動物の歯の構成とその動物の食べ物とは密接な関係があると読んだことがあります。

ヒトの歯を見ると、上下の歯の数三二本のうち穀類をすり潰すのに適した臼歯が二〇本、野菜や果物向けの切歯が八本、残りがお肉を嚙みきる犬歯で四本という構成になっています。この比率でいうと穀類が六〇%、野菜や果物が二五%、お肉、魚類は一五パーセントとなります。

食事をこの歯の比率に合わせると、お米を主食とした一汁三菜がいいのではないかと思えたのです。

たとえば二分づきの玄米ご飯お茶碗一杯を六割として、その他野菜や海藻、肉類などの量を決めて食べるようにしました。

ただ、こうでなければならないというストレスもよくないので、たまには外食に出かけたり、お酒を飲みに行ったりと楽しい食事を心がけています。

糖質制限をしている人なら分かると思いますが、ほんの少しでも炭水化物を食べると過剰反応というのか、びっくりするほど食後血糖値が上がりますが、それも程なくなくなり安定しています。仕事となると座ったままの事が多くなるので、食事だけでなくスクワットなど簡単な筋肉トレーニングを毎日欠かさず、週に二度以上は三〇分以上のウォーキングを行い、筋肉の作用によって血糖値を下げることも心がけました。すでに五年以上経過し、おやつに和菓子を食べても急激に血糖値が上昇しなくなりました。

何より、心が穏やかになったことがよかったと思っています。何か一つを悪者にして、それだけを排除すればそれでいいという極端な考え方はどうしても攻撃的になってしまいがちで、それは僕だけの体験ではなく、同じく糖質制限を実践した何人かに見られた傾向です。

さらに小説を書いて生きている僕にとって、もっと大事なことがあります。農耕が始まって文字が生まれ、哲学や宗教、数学、医学、文学、演劇などの芸術も発展を遂げたことは疑う余地のない事実です。そこを否定することは自らの原点を蔑ろにするようで心が痛むのです。

ちなみに賢治が信奉していた日蓮は、供養されたお米を「白米は白米にはあらず、すなはち命なり」と表現しています。

さて『甘い罠』の本当の意味は何なのか。またそれはどこに張り巡らされているのか。読者の皆さんそれぞれの立場で「食」文化を考える機会になれば、作者としてこれに勝る幸せはありません。

最後に、あくまで個人的な体験と感想であり、誰かにお勧めする目的で書いたのではないことをお断りしておきます。きっとあなたに合った楽しい食事があるはずですから――。

鏑木　蓮

解説

高須克弥（医学博士・高須クリニック院長）

間違ったダイエットはいますぐやめるべき

　ありふれた話のようでいて、おもしろく読みました。著者である鏑木さんご自身が糖質制限をされたそうで、その経験と知識を詰め込んでいらっしゃいますね。

　この物語では、糖尿病治療として糖質制限食が取り上げられていますが、糖質制限というとダイエットを思い浮かべる人が多いのではないでしょうか。私は、医師という観点からも、間違ったダイエットをしている多くの女性に正しい知識を持ってもらいたいと思っています。いま、女性に〝オーガニック〟が大人気ですが、オーガニックを無条件に信奉している人も多く、夢中になってそれだけがいいと思い込んでしまっている。ただ、そういったものは、思想は思想として、現実と分けて考えて、実行するのが正解だと僕は思います。それだけを信じるのは良くないですね。それと同じことが糖質制限ダイエットにも言えるのではないでしょうか。

以前『その健康法では「早死に」する!』(扶桑社刊)で書きましたが、出版当時の2012年ごろから、低糖質、糖質オフ、糖質ゼロがブームでした。そして、まだこのブームは続いています。当初からずっと否定し続けていますが、とにかく低糖質がいい、炭水化物抜きダイエットがいい、と思い込んでいる人達が多すぎる。

そもそも脳が正常に働くためには六大栄養素(糖質、タンパク質、脂質、ビタミン、ミネラル、繊維質)が必要で、脳のエネルギーの元となるブドウ糖になる炭水化物は必須成分なのです。この小説でも出てきますが、特に日本人の主食は「お米」で、農耕民族として、炭水化物が食生活の中心にあるのは間違いありません。ただ、低糖質、炭水化物抜き、などというモノは、インパクトが強いから、どうしても〝素人がだまされちゃう〟んですよね。女性誌でもダイエットに関する号は売れるから、いまだに低糖質ダイエットといった記事を多く掲載しています。でも、それはもう時代遅れ。ある程度脂肪がついている人のほうが長生きできる。これが、エビデンス(科学的根拠)もしっかりした結論です。

ちなみに、いま、摂取カロリーで言うと、日本人は世界一低いんです。イチバン下、なんです。だからいちいち言わなくても、頑張らなくても、結果自然に低糖質になっています。なにもしなくても、すでに低糖質な食事をしているんです。そこを知ってもらいたいですね。また、ケトン体だけで脳を動かそう、というのもやはり無茶な話。糖質が不足すると作られるケトン体は、〝ケトン臭〟という独特の臭いがします。いわゆるダイエット臭、口臭や体臭がきつくなるんですね。その点からもおすすめしません。

人はストレスがたまると糖質が欲しくなるのが普通。身体の命ずるもの、欲しいと思うものがそのときに必要な栄養です。ですから、身体の声を聞ける体調であり、素直に身体が欲するものを食べ、そのときに美味しいと思えることが幸せなのではないでしょうか。また、料理には、塩と砂糖が欠かせないと僕は思っています（主人公有《あり》明《あ》の師匠である呉竹《くれたけ》が「料理から塩を排除することはできない」と語っているように）。過剰摂取はもちろん良くないですが、糖質と同様、塩分や脂質も、必要量は摂るべきです。

とくに女性に言っておきたい点として、肌がキレイになるためには糖質が必要だということ。糖質が脂肪を作ってくれます。皮下脂肪は張りのある肌を作るための必要なアイテムです。女性にとっての財産なんです。だからいますぐ低糖質ダイエットはやめるべきです。流行に流されず、正しい知識を持ってほしいですね。

この小説の結末を言ってしまうことになるかもしれませんが、糖質を否定するのではなく、上手に取り入れることが大切だと思います。小説を読んで知識を身につける、いい機会だと思います。主人公が気づいたように、みなさんにも気づいてほしいですね。

本書は二〇一三年二月に東洋経済新報社より刊行された単行本『甘い罠――小説 糖質制限食』を、文庫化に際し改題、加筆・修正したものです。

|著者|鏑木 蓮 1961年、京都市生まれ。佛教大学文学部国文学科卒業。卒業論文は「江戸川乱歩論」。塾講師、教材出版社、広告代理店勤務などを経て、1992年、コピーライターとして独立する。2006年、『東京ダモイ』で第52回江戸川乱歩賞を受賞しデビュー。他の作品に『屈折光』『時限』『思い出探偵』『白砂』『見えない鎖』『ねじれた過去』『エンドロール』『転生』『炎罪』『京都西陣シェアハウス』などがある。

甘《あま》い罠《わな》

鏑木《かぶらぎ》 蓮《れん》

2016年９月15日第１刷発行

発行者――鈴木 哲
発行所――株式会社 講談社
東京都文京区音羽2-12-21 〒112-8001
電話 出版 (03) 5395-3510
販売 (03) 5395-5817
業務 (03) 5395-3615

Printed in Japan

講談社文庫
定価はカバーに
表示してあります

デザイン―菊地信義
本文データ制作―講談社デジタル製作
印刷―――株式会社精興社
製本―――株式会社大進堂

ISBN978-4-06-293490-9

講談社文庫刊行の辞

二十一世紀の到来を目睫に望みながら、われわれはいま、人類史上かつて例を見ない巨大な転換期をむかえようとしている。

世界も、日本も、激動の予兆に対する期待とおののきを内に蔵して、未知の時代に歩み入ろうとしている。このときにあたり、創業の人野間清治の「ナショナル・エデュケイター」への志を現代に甦らせようと意図して、われわれはここに古今の文芸作品はいうまでもなく、ひろく人文・社会・自然の諸科学から東西の名著を網羅する、新しい綜合文庫の発刊を決意した。

激動の転換期はまた断絶の時代である。われわれは戦後二十五年間の出版文化のありかたへの深い反省をこめて、この断絶の時代にあえて人間的な持続を求めようとする。いたずらに浮薄な商業主義のあだ花を追い求めることなく、長期にわたって良書に生命をあたえようとつとめるところにしか、今後の出版文化の真の繁栄はあり得ないと信じるからである。

同時にわれわれはこの綜合文庫の刊行を通じて、人文・社会・自然の諸科学が、結局人間の学にほかならないことを立証しようと願っている。かつて知識とは、「汝自身を知る」ことにつきていた。現代社会の瑣末な情報の氾濫のなかから、力強い知識の源泉を掘り起し、技術文明のただなかに、生きた人間の姿を復活させること。それこそわれわれの切なる希求である。

われわれは権威に盲従せず、俗流に媚びることなく、渾然一体となって日本の「草の根」をかたちづくる若く新しい世代の人々に、心をこめてこの新しい綜合文庫をおくり届けたい。それは知識の泉であるとともに感受性のふるさとであり、もっとも有機的に組織され、社会に開かれた万人のための大学をめざしている。大方の支援と協力を衷心より切望してやまない。

一九七一年七月

野間省一

講談社文芸文庫

永井龍男
東京の横丁
没後発見された手入れ稿に綴られた、生まれ育った神田、終の住処鎌倉、設立まもなく参加した文藝春秋社の日々。死を見据えた短篇「冬の梢」を併録した、最後の名品集。
解説＝川本三郎　年譜＝編集部
なD8
978-4-06-290322-6

佐々木邦
苦心の学友　少年倶楽部名作選
『少年倶楽部』全盛期に連載、大好評を博したベストセラー。〝普通の人〟の視点から社会の深層を見つめ、明るい笑いを文学へと昇華した、ユーモア小説の最高傑作。
解説＝松井和男
さR2
978-4-06-290321-9

幸田露伴
蒲生氏郷／武田信玄／今川義元
「歴史家くさい顔つきはしたくない。伝記家と囚われて終うのもうるさい」。脱線あり、蘊蓄あり。史料を前に興の向くまま、独自の歴史観で「放談」する、傑作評伝。
解説＝西川貴子　年譜＝藤本寿彦
こH4
978-4-06-290323-3

講談社文芸文庫ワイド
不朽の名作を一回り大きい活字と判型で

小林信彦
袋小路の休日
変貌する都市に失われゆくものを深い愛惜とともに凝視した短篇集。
解説＝坪内祐三　年譜＝著者
（ワ）こA1
978-4-06-295507-2

講談社文庫　目録

鹿島田真希　ゼロの王国(上)(下)
鹿島田真希　来たれ、野球部
門井慶喜　パラドックス実践　雄弁学園の教師たち
加藤元　山姫抄
加藤元　嫁の遺言
加藤元　キネマの華《ヒロイン》
加藤元　私がいないクリスマス
片島麦子　中指の魔法
亀井宏　ドキュメント　太平洋戦争全史(上)(下)
亀井宏　ミッドウェー戦記(上)(下)
亀井宏　ガダルカナル戦記全四巻
亀井宏　佐助と幸村
金澤信幸　バラ肉のバラって何？〈誰かに教えたくてたまらなくなる“あの言葉”の本当の意味〉
金澤信幸　サランラップのサランって何？〈誰かに話したくてしかたなくなる“あの名前”の意外な由来〉
梶よう子　迷子石
梶よう子　ふくろう
川瀬七緒　よろずのことに気をつけよ
川瀬七緒　法医昆虫学捜査官
川瀬七緒　シンクロニシティ〈法医昆虫学捜査官〉
川瀬七緒　水《みな》底《ぞこ》の棘《とげ》〈法医昆虫学捜査官〉
かわぐちかいじ　藤井哲夫原作　僕はビートルズ1
かわぐちかいじ　藤井哲夫原作　僕はビートルズ2
かわぐちかいじ　藤井哲夫原作　僕はビートルズ3
かわぐちかいじ　藤井哲夫原作　僕はビートルズ4
かわぐちかいじ　藤井哲夫原作　僕はビートルズ5
かわぐちかいじ　藤井哲夫原作　僕はビートルズ6
風野真知雄　隠密味見方同心(一)〈くじらの姿焼き騒動〉
風野真知雄　隠密味見方同心(二)〈干し卵不思議味〉
風野真知雄　隠密味見方同心(三)〈幸せの小福餅〉
風野真知雄　隠密味見方同心(四)〈恐怖の流しそうめん〉
風野真知雄　隠密味見方同心(五)〈フグの毒鍋〉
風野真知雄　隠密味見方同心(六)〈鵺《ぬえ》の闇鍋〉
カレー沢薫　負ける技術
カレー沢薫　もっと負ける技術〈カレー沢薫の日常と退廃〉
下野《かばた》康史　ポルシェより、フェラーリより、ロードバイクが好き〈熱狂と悦楽の自転車ライフ〉
野崎雅人　佐々原史緒　戦国BASARA3〈真田幸村の章／猿飛佐助の章〉
矢野隆　映島巡　戦国BASARA3〈伊達政宗の章／片倉小十郎の章〉
タタツシンイチ　鏡征爾　戦国BASARA3〈長曾我部元親の章／毛利元就の章〉
タタツシンイチ　梶よう子　戦国BASARA3〈徳川家康の章／石田三成の章〉
風森章羽《しょう》　渦巻く回廊の鎮魂曲《レクイエム》〈霊媒探偵アーネスト〉
岸本英夫　死を見つめる心〈ガンとたたかった十年間〉
北方謙三　君に訣別の時を
北方謙三　われらが時の輝き
北方謙三　夜の終り
北方謙三　帰路
北方謙三　錆びた浮標《ブイ》
北方謙三　汚名の広場
北方謙三　夜の眼
北方謙三　逆光の女
北方謙三　行きどまり
北方謙三　真夏の葬列
北方謙三　試みの地平線〈伝説復活編〉
北方謙三　煤煙
北方謙三　そして彼が死んだ
北方謙三　旅のいろ
北方謙三　新装版　活路(上)(下)
北方謙三　夜が傷つけた

講談社文庫　目録

北方謙三　新装版 余燼(上)(下)
北方謙三　抱影
菊地秀行　魔界医師メフィスト〈黄泉姫《よみひめ》〉
菊地秀行　魔界医師メフィスト〈影斬士《えいざんし》〉
菊地秀行　魔界医師メフィスト〈怪屋敷〉
菊地秀行　吸血鬼ドラキュラ
北原亞以子　深川澪通り木戸番小屋
北原亞以子　深川澪通り燈ともし頃
北原亞以子　新地橋〈深川澪通り木戸番小屋〉
北原亞以子　夜の明けるまで〈深川澪通り木戸番小屋〉
北原亞以子　澪つくし〈深川澪通り木戸番小屋〉
北原亞以子　たからもの〈深川澪通り木戸番小屋〉
北原亞以子　降りしきる
北原亞以子　風よ聞け〈雲の巻〉
北原亞以子　贋作《うそばっかり》天保六花撰《えどのはなし》
北原亞以子　花冷え
北原亞以子　歳三からの伝言
北原亞以子　お茶をのみながら
北原亞以子　その夜の雪

北原亞以子　江戸風狂伝
岸本葉子　三十過ぎたら楽しくなった!
岸本葉子　女の底力、捨てたもんじゃない
桐野夏生　顔に降りかかる雨
桐野夏生　天使に見捨てられた夜
桐野夏生　OUT《アウト》(上)(下)
桐野夏生　ローズガーデン
桐野夏生　ダーク(上)(下)
京極夏彦　文庫版 姑獲鳥《うぶめ》の夏
京極夏彦　文庫版 魍魎《もうりょう》の匣《はこ》
京極夏彦　文庫版 狂骨《きょうこつ》の夢《ゆめ》
京極夏彦　文庫版 鉄鼠《てっそ》の檻《おり》
京極夏彦　文庫版 絡新婦《じょろうぐも》の理《ことわり》
京極夏彦　文庫版 塗仏《ぬりぼとけ》の宴《うたげ》—宴の支度
京極夏彦　文庫版 塗仏の宴—宴の始末
京極夏彦　文庫版 百鬼夜行—陰
京極夏彦　文庫版 百器徒然袋—雨
京極夏彦　文庫版 百器徒然袋—風
京極夏彦　文庫版 今昔続百鬼—雲

京極夏彦　文庫版 陰摩羅鬼《おんもらき》の瑕《きず》
京極夏彦　文庫版 邪魅《じゃみ》の雫
京極夏彦　文庫版 死ねばいいのに
京極夏彦　分冊文庫版 姑獲鳥《うぶめ》の夏(上)(下)
京極夏彦　分冊文庫版 魍魎《もうりょう》の匣《はこ》(上)(中)(下)
京極夏彦　分冊文庫版 狂骨《きょうこつ》の夢《ゆめ》(上)(中)(下)
京極夏彦　分冊文庫版 鉄鼠《てっそ》の檻《おり》全四巻
京極夏彦　分冊文庫版 絡新婦《じょろうぐも》の理《ことわり》(一)(二)
京極夏彦　分冊文庫版 絡新婦《じょろうぐも》の理《ことわり》(三)(四)
京極夏彦　分冊文庫版 塗仏《ぬりぼとけ》の宴《うたげ》 宴の支度《したく》(上)(中)(下)
京極夏彦　分冊文庫版 塗仏《ぬりぼとけ》の宴《うたげ》 宴の始末《しまつ》(上)(中)(下)
京極夏彦　分冊文庫版 陰摩羅鬼《おんもらき》の瑕《きず》(上)(中)(下)
京極夏彦　分冊文庫版 邪魅《じゃみ》の雫(上)(中)(下)
京極夏彦　分冊文庫版 ルー=ガルー〈忌避すべき狼〉(上)(下)
京極夏彦　分冊文庫版 ルー=ガルー2〈インクブス×スクブス 相容れぬ夢魔〉(上)(下)
京極夏彦・原作 志水アキ・漫画　コミック版 姑獲鳥《うぶめ》の夏(上)(下)
京極夏彦・原作 志水アキ・漫画　コミック版 魍魎《もうりょう》の匣《はこ》(上)(下)
北森鴻　狐罠
北森鴻　メビウス・レター

講談社文庫　目録

講談社文庫　目録

栗本　薫　水曜日のジゴロ〈伊集院大介の探究〉
栗本　薫　真夜中のユニコーン〈伊集院大介の休日〉
栗本　薫　身も心も〈伊集院大介のアドリブ〉
栗本　薫　聖者の行進〈伊集院大介のクリスマス〉
栗本　薫　陽気な幽霊〈伊集院大介の観光案内〉
栗本　薫　女郎蜘蛛〈伊集院大介と幻の友禅〉
栗本　薫　第六の大罪〈伊集院大介の飽食〉
栗本　薫　逃げ出した死体〈伊集院大介と少年探偵〉
栗本　薫　六月の桜〈伊集院大介のレクイエム〉
栗本　薫　樹霊の塔〈伊集院大介の聖域〉
栗本　薫　木蓮荘綺譚〈伊集院大介の不思議な旅〉
栗本　薫　新装版 絃《いと》の聖域
栗本　薫　新装版 ぼくらの時代
黒井千次　カーテンコール
黒井千次　日の砦
倉橋由美子　よもつひらさか往還
倉橋由美子　老人のための残酷童話
倉橋由美子　偏愛文学館
黒柳徹子　窓ぎわのトットちゃん 新組版

久保博司　日本の検察
久保博司　新宿歌舞伎町交番
久保博司　歌舞伎町と死闘した男〈続・新宿歌舞伎町交番〉
工藤美代子　今朝の骨肉、夕べのみそ汁
黒川博行　燻り
黒川博行　てとろどときしん〈大阪府警・捜査一課事件報告書〉
黒川博行　国境
久世光彦　夢あたたかき〈向田邦子との二十年〉
黒田福美　ソウルマイハート
黒田福美　となりの韓国人〈傾向と対策〉
倉知　淳　星降り山荘の殺人
倉知　淳　猫丸先輩の推測
倉知　淳　猫丸先輩の空論
熊谷達也　迎え火の山
熊谷達也　箕作《みつく》り弥平《やへい》商伝記
鯨統一郎　北京原人の日
鯨統一郎　タイムスリップ森鷗外
鯨統一郎　タイムスリップ明治維新
鯨統一郎　富士山大噴火

鯨統一郎　タイムスリップ釈迦如来
鯨統一郎　タイムスリップ水戸黄門
鯨統一郎　MORNING GIRL
鯨統一郎　タイムスリップ戦国時代
鯨統一郎　タイムスリップ忠臣蔵
鯨統一郎　タイムスリップ紫式部
倉阪鬼一郎　青い館の崩壊〈ブルー・ローズ殺人事件〉
倉阪鬼一郎　大江戸秘脚便
久米　宏・久米麗子　ミステリアスな結婚
轡田隆史　いまを読む名言〈昭和天皇からホリエモンまで〉
草野たき　透きとおった糸をのばして
草野たき　猫の名前
草野たき　ハチミツドロップス
黒田研二　ウエディング・ドレス
黒田研二　ペルソナ探偵
黒田研二　ナナフシの恋〈〜Mimetic Girl〜〉
黒木　亮　アジアの隼
黒木　亮　カラ売り屋
黒木　亮　エネルギー(上)(中)(下)

2016年9月15日現在